HÉROE DE LAS GALAXIAS

B

Héroe de las galaxias

1ª edición julio de 2013

D.R. © 2013, Pablo Mata Olay
D.R. © 2013, Ediciones B México S. A. de C. V.
    Bradley 52, Col. Anzures, 11590, México, D. F.

   www.edicionesb.mx

ISBN 978-607-480-467-6

PABLO MATA OLAY

HÉROE DE LAS GALAXIAS

B DE BLOK

PARA ALAÍDE

ÍNDICE

AGRADECIMIENTOS

ESTA NOVELA NACIÓ en el taller de narrativa de Alberto Chimal. Se terminó gracias al apoyo de la beca Jóvenes Creadores 2010-2011 del Fondo Nacional para la Cultura y las Artes bajo la tutela de Verónica Murguía, y se corrigió en el taller de cuento de Orlando Ortiz en la Fundación para las Letras Mexicanas. Recibió particular apoyo de Héctor Antonio Sánchez, Luisa Iglesias, Mario Conde, Alberto Salorio, Julia Hernández, Érika Meurgren, Roberto Wong, Federico Ponce de León y Alaíde Ventura. Los toques finales me ayudó a darlos mi editora Mariana Pedroza. Para todos ellos y a los compañeros de cada taller, mi agradecimiento.

HÉROE DE LAS GALAXIAS

EL ESPACIO ERA TAN REDUCIDO que no cabían en él ni el tiempo ni el espacio. Sólo había lugar para esas voces solemnes y majestuosas. Voces de quienes alguna vez dirigieron una gran nación.

—Santos, despierta.

   —¿Mmmffff, eh?

   —Despierta, despierta.

   —¿Qué, qué pasa?

   —Volví a soñar.

   —Ay… ¿otra vez?

   —Sí, Santos, sí.

   —¿Ahora qué?

   —Era otra vez el futuro.

   —¿Qué tan futuro?

   —Pon atención a lo que narro: había naves flotadoras escondidas. Y seres no humanos. Y tenían a casi todos los pueblos del mundo dominados.

—¿Cómo lo sabes?

—Era un sueño, Santos. Tú sabes que mentes tan privilegiadas como la tuya y la mía pueden influir un poco en sus sueños. Así fue como logré viajar por todo el planeta.

—Bueno, ya nada me sorprende. Después de todo, míranos. Quién diría que tú y yo acabaríamos juntos en este lugar. Esta... prisión...

—El método era sencillo. Tenían unos cascos como de minero, se disfrazaban de profesores y en las escuelas se los ponían a todos los niños. Y los niños comenzaban a obedecerlos en todo lo que ellos les pedían.

»Empezaban por lo más básico de la humanidad. Cambiaban las lecciones de Historia y de Biología. El hombre, según ellos, descendía de los marcianos, y casi todos los héroes de cada país eran de Júpiter. ¡Imagínate, Santos! ¡Me querían borrar a mí!, ¡A MÍ!, de la historia.

—Calma, calma. Respira. Así. Y luego ¿qué pasaba?

—Luego aleccionaban a los niños sobre qué hacer, qué decir. Poco a poco los pequeños perdían voluntad y se volvían ejércitos enteros para ser usados como ellos quisieran. Entonces les ordenaban atacar. Como cuando los franceses usaron aquella táctica en la Heroica Batalla de...

—Sí, sí, sí.

—Pero no atacaban con armas o artefactos por el estilo. Simplemente, llegaban a sus casas y convencían a sus padres de ponerse un casco igual al suyo.

»Entonces por todo el mundo se extendía el dominio de esos seres no humanos. Y los hombres, las mujeres y los niños se volvían esclavos de ellos. Todo lo que los seres no humanos ordenaran, los esclavos lo hacían.

»En poco tiempo la geografía del mundo cambiaba. Ya no había grandes ciudades; sólo unos edificios muy altos, parecidos a los hormigueros de termitas. Los esclavos vivían para servir a esos seres y no eran felices pues habían perdido toda capacidad para tomar alguna decisión.

»Esos seres le chupaban los minerales al suelo, que se marchitaba como flor. Todas las tierras se veían secas y muertas, y la alegría abandonaba el corazón de los hombres. Fue entonces cuando desperté.

—Ajá. Y me despertaste a mí.

—Sólo lo hice para avisarte lo que seguramente ya has adivinado, Santos.

—Así es. Aunque no entiendo por qué sigues queriendo ser el héroe cada vez que surge un problema. ¿Por qué no puedes aceptar que ya estamos muertos y dejarnos descansar en paz?

—A ver, Santos. En primera, no estamos muertos. Esto es simplemente una zona de gracia, en la que tú, yo o cualquier mortal puede ayudar a su gente. Está en el libro de Derecho, ¿qué no lo leíste? En segunda, no es que me quiera hacer el héroe. La patria me necesita, Santos. Y esta vez ¡es espacial!

—Ay... es que es el cuento de nunca acabar contigo. No vayas a ayudar, puede ser que no te dejen volver. ¡No vayas, por favor! Benito, ¡no seas un héroe!

1. EL BILLETE DE VEINTE

—¡ANTONIO, SALTE! —exclamó miss Amelia, con una cara que muy pocas veces se la había visto el grupo, y las risas de todos se acallaron tras el grito.

Tenía los ojos desorbitados, y el color de sus mejillas abultadas ya no era rosita sino más bien colorado. Estaba ligeramente despeinada y dos gallitos traviesos en forma de cuerno detrás de su cabeza terminaban de darle una apariencia muy diabólica. Así que Toño, cuando vio la cara de miss Amelia, y aunque tenía muchas razones para protestar —él no se había metido la rana en la camisa, y no había sido su culpa ponerse a brincar por todo el salón—, salió en silencio y cerró la puerta.

Después de atrapar por fin a la asustada rana y dejarla en el patio de la escuela, Toño no esperó mucho a que terminara la clase. Miss Amelia le encargó una tarea extra. Rumbo a la salida, varios compañeros volteaban a mirarlo entre risas, pero la risa que más le dolió fue la de Margarita.

—Lo único bueno es que por fin se fijó en ti —le dijo Nacho, su mejor amigo y, también, su principal sospechoso en el asunto de la rana.

Tenía razón. Margarita había llegado de Chihuahua en septiembre, una semana después del inicio de clases. Era alta y tenía ojos verdes; cada día de la semana llevaba una diadema de diferente color sobre su cabello castaño, y pronunciaba las ches como eshes. Ahora ya casi era diciembre, y a pesar de que estudiaban juntos, Margarita aún no sabía el nombre de Toño.

«Tampoco hay mucho en qué fijarse», se consolaba. Él, cinco centímetros más bajito que ella; él, con los ojos y el cabello impeinable de color negro; él, con su voz aguda y tímida, no podía ni siquiera acercársele a hablar. Había pasado los últimos meses viendo de reojo a Margarita, quien se sentaba tres filas más atrás. «Bien podrían ser tres continentes y estaría igual de lejos», pensaba Toño.

Acompañó a Nacho hasta el coche de su abuela, y escuchó lo que había pasado en la clase durante su ausencia. Como todos los días, saludó a la abuela de su amigo.

—¿Cómo le va, señora?

—Muy bien, m'ijito. Aquí, recogiendo al angelito. ¿Sí te ayuda a estudiar, verdad?

—Sí —contestó Toño, mirando burlonamente a Nacho.

El «angelito» engañaba constantemente a su abuela convenciéndola de que él era el mejor de la clase. Su pobre vista apenas le permitía manejar, y ya no podía ver las calificaciones en la boleta de su nieto, así que firmaba cualquier papel que él le pusiera enfrente.

—¿Cómo salió el experimento con la rana? —preguntó la abuela.

—¿Cómo dice? —preguntó Toño, pero Nacho subió las ventanillas y gritó:

—¡Abue, los frijoles!

Y el coche aceleró.

A Toño no le quedó más que reírse y despedirse agitando los brazos. Caminó tres cuadras en dirección a su casa.

Antes de abrir la puerta, Toño pensó una vez más en su amigo. Las bromas de Nacho le hacían más divertidos sus días de clase; ambos se ayudaban a estudiar y obtener calificaciones suficientes para que en sus respectivas casas no los molestaran. Además, su historia era un poco parecida: Nacho, sin papás. Y él, Toño, abandonado junto a su mamá y su hermano por un padre que casi no conoció...

—Te toca ir por las tortillas —fue el saludo que recibió de su madre en cuanto entró. Dejó sus cosas e intentó protestar:

—Pero luego nadie se las come.

—O vas por las tortillas o le ayudas a tu hermano a hacer el agua—. Parecía que había estado esperando la protesta, porque si algo odiaba hacer Toño era el agua de limón. Sebastián, su hermano, que llegaba todos los días una hora más temprano, le dirigió una mirada de odio mientras sostenía el exprimidor. Toño se rindió y su mamá le dio veinte pesos—. Por favor, pide medio kilo.

La tortillería estaba a una cuadra. Lo que odiaba no era la distancia, sino el calor. A las dos de la tarde, el calor de la tortillería hacía imaginar a Toño que se acercaba lentamente a un sol que no tardaría en derretirlo todo.

La fila, obviamente, era muy larga y casi no había sombra para protegerse del sol. Toño se paró entre una señora con un bebé y un anciano con una calva lustrosa. Comenzó a doblar el billete de distintas formas. Un barco. Un avión. Un sombrero. Un billete.

—Oye, niño —escuchó de repente. Miró hacia todos lados y vio que nadie se estaba dirigiendo a él. Volvió a doblarlo.

—Deja de jugar y, por favor, respeta a tus mayores.

Toño buscó de nuevo a su alrededor y, mirando al viejito calvo, exclamó:

—¡Sí lo respeto!

El anciano, con una cara de extrañeza, contestó: —Eh... gracias, joven.

—¿Nadie más oyó eso? —preguntó Toño.

—Sí, que respetas al señor, bravo por ti —aplaudió una chica que estaba más atrás en la fila.

—Observa tu billete —escuchó Toño y obedeció con precaución. Benito Juárez lo estaba mirando con sus ojos azules y su cabello azul y su piel azul.

—No estás loco, muchacho. Por favor no me cambies por tortillas. Necesitas conservarme.

Lo único que se le ocurrió hacer a Toño fue salirse de la fila y correr a su casa apretando el billete en su mano, sin fijarse en los «Ay, ay, ay» que el Benemérito profería.

—¿Y las tortillas? —preguntó su mamá.

—Este... se acabaron.

Ella le creyó, quizás porque estaba ocupada.

—Ni modo. Lávate las manos. Ya mero está.

Toño corrió a su cuarto, cerró la puerta y abrió su puño. Benito Juárez le dirigía una mirada de reprobación que sólo había visto en sus peores regaños.

—Niño, tu actuar me provoca enojo. Sé que no es normal encontrarse ante un billete que habla, pero, aun así, a tu edad ya deberías saber quién soy, y respetarme. Después de todo, entre los indivi...

—¡Lo sabía! —gritó Toño de repente—. ¡Estoy loco! ¡Me van a mandar a un manicomio y no volveré a mi escuela!—. Aunque, después del día que había tenido, lleno de burlas y castigos, la idea no le pareció tan fea.

—Niño, ¿quieres poner atención a lo que digo? —la voz de Juárez sonaba ya más imperativa e hizo que Toño dejara de soñar despierto con paredes blancas acolchonadas y camisas de fuerza.

—Eh, está bien.

—Primero que nada, deja de arrugarme y ponme en un lugar donde podamos vernos frente a frente, como iguales.

Toño obedeció. Planchó el billete entre sus manos y lo apoyó en la repisa donde tenía su colección de héroes en miniatura. Entre Supermán y Chewbacca, Benito Juárez puso la más seria de sus caras.

—Ahora, las formalidades de la presentación. Benito Pablo Juárez García, Benemérito de las Américas, para servirte a ti y a la Patria. ¿Y tú eres...? —Toño dudó un poco antes de decir su nombre. Si esto era una locura, era una locura muy formal.

—To... Antonio López.

—¡No me digas que de Santa Anna! —El azul rey de don Benito se tornó un poco más pálido.

—No, Godínez.

—Ah, bueno—. Aliviado, don Benito volvió a su cara seria—. Antonio, he viajado hasta este tiempo para pedirte tu ayuda. Si no hacemos nada al respecto, en unas cuantas semanas seres de otro planeta dominarán por completo a la población de la Tierra. En poco tiempo, la humanidad estará al borde de la extinción. Los que no mueran asesinados serán esclavos por cientos de años. Hombres, mujeres y niños estarán a merced de la voluntad de esos seres horrendos y tiranos.

Toño no podía creer lo que estaba viviendo. Estaba hablando con un billete. Estaba manteniendo una conversación con un personaje histórico. Y no cualquier conversación. Un «Hola, cuánto ha crecido la ciudad» hubiera estado bien. Pero no. Benito Juárez le estaba pidiendo ayuda a él, un niño, para salvar al mundo de unos extraterrestres.

El billete seguía dando detalles de lo horrorosa que sería la vida, pero Toño había dejado de escucharlo. Era demasiado para él en esa tarde.

—y si decides colaborar con mi intención de salvar al mundo, tendremos alguna posibilidad para derrotarlos —concluyó don Benito—. Así que necesito ayuda. ¿Cuento contigo?

Toño cerró los ojos y se rascó la cabeza, buscando algo coherente que decir.

—Antonio, no tenemos mucho tiempo. Te pido que por favor aceptes —don Benito sonaba muy impaciente—. A menos que... bueno, desconozco las formalidades de este siglo, probablemente estés esperando hacerlo más oficial. En ese caso, trae papel y tinta. Redactaremos un plan. Plan de... ¿cómo se llama este lugar, Antonio?

Por fin, algo que podía contestar, aun cuando la respuesta le pareció muy extraña.

—Este... Ampliación Benito Juárez.

Don Benito parecía acostumbrado a escuchar homenajes a su persona.

—No podemos ponerle Plan Benito Juárez —dijo—. Soy lo suficientemente humilde para rechazar tu propuesta. Mejor le pondremos Plan Ampliación. ¿Dónde están el papel y la tinta? ¡De prisa, Antonio!

Toño se puso a dar vueltas por el cuarto. En realidad, no buscaba algo entre el desorden de su habitación, más bien intentaba ordenar todas las ideas dentro de su cabeza.

—¿Ocurre algo, Antonio? —preguntó don Benito después de verlo dar la cuarta vuelta.

—¡Sí, me siento muy mal! —gritó—. ¡Necesito saber más! ¿Cómo fue que llegó usted a un billete? ¿No se supone que está muerto? ¿Cómo sabe lo de los aliens, si no ha pasado? ¿Y por qué me escogió a mí? ¿Cómo puedo ayudarle yo?

Benito Juárez mostró cara de confusión. Estaba acostumbrado a ordenar sin que nadie cuestionara sus decisiones. Con todo, su espíritu liberal le dio un poco de paciencia y suspiró.

—Antonio, tienes el derecho de saberlo todo. No tenemos tiempo, pero aun así te explicaré. —Toño también suspiró y se sentó en el borde de la cama, atento—. Verás, ni yo mismo sé cómo funciona. Incluso podría desaparecer de esta forma en cualquier momento. Simplemente ocurre, siempre ha sucedido, desde que comenzaron a hacerme retratos y estatuas…

—¡Toño, ya está la comida! —su mamá entró repentinamente a la habitación—. ¿Qué tanto haces? Creí que nada más te ibas a lavar las manos.

—Sí, ya voy —contestó, y se levantó de la cama.

—Oye, por cierto, si ya se habían acabado las tortillas, regrésame los veinte pesos que te di.

—Eh… sí —se disculpó él, al tiempo que don Benito le pedía:

—No me devuelvas todavía, por favor.

Tras unos momentos de duda, Toño abrió su armario y de entre un montón de ropa sacó una moneda de diez pesos y dos de cinco. Se las dio a su mamá.

—¿Qué no te di un billete?

—Este… no, acuérdate bien.

Ella se alzó de hombros.

—Bueno, ya vente a comer. Se va a enfriar.

Antes de salir, Toño le dirigió una mirada al Benito Juárez del billete sobre la repisa de superhéroes. «Esta conversación no ha terminado», pensó. Y don Benito Juárez, en su espacio de cinco por cuatro centímetros, asintió.

La comida le sirvió a Toño para regresar a la realidad. El agua de su vaso se veía un poco más turbia que la de los demás, y su hermano se volvía a verlo constantemente con una mirada malévola, por lo que evitó dar un solo trago.

—¿Ya tienes todo listo para el paseo de mañana? —preguntó su mamá.

—¿Pa... seo? —Toño seguía distraído y tardó unos segundos en recordar que al día siguiente iría con su grupo a un concierto en el Palacio de Bellas Artes—. ¡Ah! Sí, todo listo.

—Por favor obedece a tus maestros y no te separes del grupo.

—Sí, mamá.

Esa fue la única respuesta a todas las indicaciones maternas que siguieron sobre cómo actuar en el mundo fuera de la escuela y de la casa.

Después de comer, Toño lavó los trastes y fue a su cuarto. Antes de abrir la puerta se detuvo. No quería entrar, aunque, a la vez, sabía que había comido de prisa y lavado los trastes a toda velocidad para llegar más rápido a ese momento. Deseaba que todo hubiera sido un sueño, que su vida siguiera como siempre había sido. Pero también quería aventuras, quería enfrentar a esos supuestos extraterrestres y mandarlos de regreso a su planeta.

Abrió la puerta.

El viento había tirado el billete, que estaba inerte en el piso. Lo levantó y vio al Juárez de siempre, sin expresión. Lo guardó en una bolsa lateral de su mochila, suspiró aliviado y llamó a Nacho para contarle todo.

—Mañana me enseñas el billete —le respondió él—. Y yo te enseño mis monedas que brincan y mis tenis que vuelan.

Le costó trabajo dormir en la noche. Pensaba que, si lo hacía, corría el riesgo de despertar en la era que don Benito había descrito. Además, el día siguiente pintaba emocionante. Tal vez se atrevería a platicar con Margarita en el autobús. Se lamentó entonces que no estuviera don Benito ahí. En sus tiempos los hombres eran más galantes, a Toño le habrían servido dos o tres consejos de su parte.

Se imaginó vestido como en esos tiempos: levita, sombrero de mago, bastón. Y a Margarita con un vestido largo,

largo, tan largo que él le ayudaría a recoger sus bordes del suelo, tantos que ya no la podría ver por más que jalara y jalara, tendría un montón de jirones de vestido entre sus manos que se harían más y más pesados... en un momento los soltó y Margarita ya no era Margarita, era un *alien* con mil dientes rugiéndole en la cara y babas salpicándolo y tirando su sombrero de mago...

Pero el rugido era en realidad el despertador, y la baba del alien era toda de él mismo, y el vestido largo eran sus sábanas, enredadas alrededor de su cuerpo.

2. EL MÁRMOL Y EL OJO

—NO TIENE GRACIA, HERMANO. Estás bien loco. Seguramente la rana te echó un veneno y te quedaste turulato—. Nacho no dejaba de mirar el billete de veinte pesos. Lo veía de cerca, contra la luz, lo tocaba por todos lados y hasta lo ponía cerca de su oído al arrugarlo—. Con el ruido del autobús, es difícil oír si dice algo.

Toño no le prestaba mucha atención. Su mirada estaba fija en Margarita bromeando con sus amigas, a la mitad del camión escolar. Nacho lo notó y dejó de jugar con el billete.

—Es imposible si está con sus amigas —le dijo—. Tienes que acercarte mientras está sola.

Tenía razón. Tantas niñas le provocaban cierto miedo, y siempre andaban de aquí para allá juntas.

—Deberías distraerlas. Con algo así como lo de la rana, pero más grande.

Sonaba a que tenía un plan.

Los autobuses se estacionaron del otro lado de la Alameda. Los dos grupos iban acompañados por miss Amelia y el subdirector, el maestro René. Él era completamente calvo y se dejaba un bigote delgado, que se peinaba con un cepillito entre clase y clase. Aunque hiciera calor, siempre usaba saco de lana, y se llevaba muy bien con los alumnos. Por eso él era el responsable de aquella excursión.

Miss Amelia los formó por estaturas y ordenó silencio. Toño buscó a Nacho, pero simplemente no estaba ahí. Nadie pareció notar su ausencia y comenzaron a avanzar.

Era media mañana y la Alameda no estaba tan llena. Varias mangueras regaban las áreas verdes y el ambiente olía a tierra mojada. Había un par de organilleros por ahí y hacía un clima agradable...

... Agradable para cubrirse de algodón de azúcar y llegar gritando: «¡Soy el monstruo de azúcar! ¡Soy el monstruo de azúcar!», que fue justo lo que hizo Nacho, rompiendo la fila de los grupos y persiguiendo, qué casualidad, a las amigas de Margarita.

Ella las veía muerta de la risa, mientras el maestro René y miss Amelia sudaban por volver a formar la fila.

—¡Ignacio! —chillaba miss Amelia— ¡Ignacio! ¿Cómo te atreves?

El grupo poco a poco se iba calmando e «Ignacio» iba perdiendo su disfraz pedacito a pedacito; el dulce flotaba en el aire antes de que un compañero lo devorara.

—Ahora o nunca —pensó Toño. Se encaminó hacia Margarita, puso cara de estarse riendo también de las locuras de Nacho y dijo:

—Hola. —Pero lo dijo en una voz muy baja, fue más bien un "hola", que ni él mismo se escuchó. Lo iba a intentar de nuevo cuando una voz grave y cavernosa lo llamó.

—¡Antonio! ¡Antonio, ven!

El maestro René tenía una voz más bien aguda, pero era el único que Toño se imaginaba que podría dirigirse a él de esa manera. Se volvió hacia todos los flancos posibles. Lo más extraño era que nadie más parecía haber escuchado esa voz.

—¡Antonio...! Antonio, acá. ¡Acá arriba!

De repente, comprendió. Benito Juárez le estaba hablando desde lo alto, desde el Hemiciclo que Porfirio Díaz había mandado construir en 1910. Los dos ángeles que acompañaban al Benemérito seguían siendo de piedra, pero él, en toda su blancura de mármol, se veía más humano en ojos de Toño.

Se apartó un poco del grupo y se acercó al monumento. Después de comprobar que nadie lo miraba, susurró:

—¿Don Benito? —y la estatua sonrió.

—Hola, Antonio. Discúlpame por haberme ido sin despedirme, aún no puedo controlar bien mis llegadas y mis regresos. —Toño asintió, mirando a su alrededor para ver si nadie más escuchaba aquella voz, que para él retumbaba fuerte—. En otras noticias, pude obtener cierta información que nos ayudará mucho. Acércate, te voy a decir un secreto.

«¿Acércate?» A Toño le pareció innecesario hacerlo, pero caminó hacia el centro del monumento, aunque manteniéndose un poco retirado de los dos leones de abajo, por si les daba por adquirir vida también. Don Benito se puso tan serio como sus retratos y le dijo en voz baja:

—No pierdas de vista el cuello.

—¿El cuello? ¿El cuello de quién? —preguntó Toño, muy extrañado, pero no pudo escuchar la respuesta porque el maestro René había vociferado su nombre.

—¡Toño! ¿Dónde te habías metido? Rápido, fórmate que ya se nos hizo tarde. —Lo empujó hasta la fila, un poco más adelante. Toño buscó a Nacho.

—¿Y Nacho? —preguntó. La cara del maestro René se puso seria.

—Ignacio está castigado. Y no te preocupes por él, mejor disfruta a Beethoven.

Toño se sumó a la formación y el grupo avanzó hasta el Palacio de Bellas Artes, donde estaba por comenzar el concierto. Miró hacia adelante. Ahí estaba Margarita, con sus amigas que todavía se estaban quitando algodón de azúcar del cabello.

«El cuello... el cuello», recordó Toño. «No perder de vista el cuello». Automáticamente, se fijó en el cuello de todos: de sus compañeros, de los que pasaban por ahí, de los vendedores ambulantes. Pero no encontró nada particular.

El grupo entró en relativo orden al Palacio. Miss Amelia ya había arreglado el asunto de los boletos en la taquilla y contaba a los niños una y otra vez. Poco después, todos subieron a la sala de conciertos.

Mientras recorría las escaleras, Toño miró al maestro René, que no había dejado de moverse. Por un instante le pareció ver una raya fosforescente, verde, debajo de la barbilla del maestro. Fue durante un segundo, como una estrella fugaz. Pero fue suficiente para que Toño se le quedara viendo y el maestro se comenzara a incomodar.

—¿Qué me ves, Toño?

—Nada, nada —contestó, y colocó la vista en otro punto.

La sala estaba casi llena y los miembros de la orquesta afinaban sus instrumentos. Esto molestó a miss Amelia que en un ronco susurro espetó a todos:

—¿Ya ven? Llegamos tarde. Qué vergüenza.

Todos se fueron acomodando en sus lugares, pero Toño no tomó el que le correspondía. Quería colocarse detrás del maestro René. Empujó a varios compañeros y pisó varios zapatos lustrosos, pero lo consiguió. El maestro sencillamente lo volteó a ver de manera reprobatoria.

—Oye vato, pero es que ahí se iba a sentar mi amiga Panshita —escuchó Toño junto a él, y sintió un escalofrío recorrer lentamente su espalda. Sin darse cuenta, se había sentado junto a Margarita.

—P-pe-pe-perdón —alcanzó a decir. Panchita se tuvo que sentar unos asientos más lejos, pero ya estaba, entre risitas, susurrándoles cosas a sus otras amigas. Toño pensó que, efectivamente, su movimiento aventurero podía haberse malinterpretado. La sala se oscureció y la orquesta dejó de afinar. Miss Amelia escupió un «¡SHHHHHHH!» tan escandaloso que salpicó a toda la fila delante de ella. Por lo menos funcionó, y los niños se callaron.

El director de la orquesta hizo su aparición. La sala completa aplaudió entusiasmada. Toño lo hizo automáticamente, fijándose siempre en el cuello del maestro René, delante de él. Los aplausos parecían haber provocado unos destellos extraños en su nuca.

Y cuando los aplausos terminaron, sucedió. Toño lo pudo ver. Un ojo verde, pequeño e inquieto, apareció parpadeando en el cuello del maestro René. Duró menos de un segundo, un pestañeo quizás. Y después desapareció. Justo después, el concierto comenzaba: La quinta de Beethoven. CHACHA CHA CHAAAAN, CHACHA CHA CHAAAAAAAAN.

3. AMIGOS EN PROBLEMAS

TOÑO NO SABÍA QUÉ HACER. Su maestro, el querido profesor René, al que todos acudían, era un alien. «¡Qué terrible! ¿Siempre habrá sido uno?», pensaba. Quería salir corriendo de ahí pero sabía que llamaría mucho la atención. Resolvió buscar a don Benito en cuanto terminara el concierto.

No pudo pensar qué más hacer porque escuchó la respiración agitada de su compañera de asiento. Con una cara de terror, Margarita tenía la vista fija en el maestro René. Sus manos estrujaban el descansabrazos y sus dientes estaban apretados con fuerza.

—¿Qué te pasa? —le susurró Toño. Ella no contestaba—. ¿Lo viste? —aventuró a preguntarle—. El ojo, ¿lo viste también?

Margarita reaccionó. Comenzó a temblar y asintió rápidamente. Toño miró a los demás compañeros. Parecía que nadie más había notado el ojo en la nuca.

—Yo sé por qué. Tranquila —las palabras de Toño parecieron calmar a Margarita, pero él no pudo explicarle más detalles porque miss Amelia ya les estaba dirigiendo una mirada asesina. Los dos simularon poner atención al concierto. Margarita seguía temblando y él quería reconfortarla. Suspiró y colocó suavemente su mano encima de la de ella, quien por lo menos dejó de temblar.

Cuando terminó el segundo movimiento, Toño apretó la mano de Margarita y se levantó de su lugar. Antes de que miss Amelia le reclamara, le dijo:

—Tenemos que ir al baño —y la maestra sólo respondió:

—Apúrense.

Corrieron hacia la salida. Aunque sabía que no era el momento apropiado, Toño disfrutaba sostener la mano de Margarita. Era suave y tibia, y durante algunos momentos del concierto, pudo sentir su pulso agitado.

El gusto no le duró mucho pues ella se soltó y le preguntó:

—¿Qué pasa, Toño? ¿Qué shangos era ese ojo asqueroso? ¿A dónde vamos?

Toño no contestó porque estaba muy ocupado celebrando, dentro de su cabeza, un triunfo personal: «¡Sí sabe mi nombre!»

—¡Toño, si no me dices, me regreso! —reclamó ella y él reaccionó.

—Ah, perdón. No lo sé todo, pero vamos a preguntarle al único que sí sabe.

Salieron del Palacio y se dirigieron al Hemiciclo. La Alameda en ese momento ya se había llenado de gente. Había una manifestación y muchas personas llevaban pancartas.

A Toño no le importó que se enteraran de que Benito Juárez hablaba con él. Se plantó frente a la escultura de mármol y comenzó a gritar:

—¡Don Benito! ¡Don Benito!

Pero no recibió respuesta. Margarita comenzaba a mirarlo como miró al maestro René: sorprendida y asustada.

—¡Don Benito! ¡Don Benito!

Nada. Uno de los manifestantes se acercó a ellos, lo miró gritando, miró a Juárez, y con convicción, asintió.

—Eso es, m'ijo. Hay que honrar la memoria del Benemérito. —Tras decir esto, también comenzó a gritar—: ¡Be-ni-to, Be-ni-to!

Poco a poco más manifestantes se congregaron en el Hemiciclo, todos gritando «Be-ni-to, Be-ni-to» con muchas ganas. Eran tantos que Toño y Margarita debieron recorrerse hasta atrás para no ser aplastados.

—¿Esa es tu respuesta? «¿Benito?» —preguntó enojada Margarita. Él no pudo explicarle, porque sintió una mano tocarle el hombro.

Era el maestro René, quien, enojado, también había tomado a Margarita del hombro. El corazón de Toño latía con fuerza.

—Acompáñenme, por favor.

—Cht, Santos.

—Jjjjjggghhh....

—Santos...Santos... ¡Santos!

—¿Qué, qué pasa? ¿Por qué siempre me tienes que despertar?

—Lo hice, Santos, le advertí del cuello.

—Ah, me parece muy bien. Ahora déjame en paz.

—¿No quieres saber qué pasó? Me sorprende tu actitud.

—La verdad, preferiría cumplir los deseos que mis seres queridos me dedicaron cuando morí. Tú sabes... «Descanse en paz», y esas cosas que al parecer a ti no te parecen dignas de obedecer.

—Pero, Santos, ¿quién puede descansar justo ahora, cuando sobre la Patria se cierne un extraño enemigo?

—¡Ja! ¿No que no te gustaba el Himno Nacional?

—¿A qué te refieres?

—Olvídalo... Ya me despertaste completamente. Ahora, cuéntame.

—Le advertí a Antonio del cuello. Al parecer encontró algo extraño. Yo ya no pude saber lo que era porque me guardaron en la billetera de un espectador a varios asientos de distancia; desde ahí no pude ver, solamente oír.

—¿Y después?

—Lo dejé de escuchar. Creo que se levantó con otra persona y se fue. Yo me quedé en el concierto, estuvo muy bien. Ese teatro estaba realmente bonito. Dime, Santos, ¿sabes quién lo hizo?

— No... ¿Qué pasó con Antonio?

—No lo sé, después de los aplausos finales regresé aquí y te comencé a platicar.

—Pero... ¡qué tal si le pasó algo! ¡Tienes que regresar!

—¿Crees que no lo sé? Si yo pudiera controlar mis retornos a la Tierra, seguramente ya sería Presidente otra vez. Desafortunadamente, todavía escapa a mi voluntad. Lo bueno fue que, cuando quise volver, después de que su mamá nos interrumpiera, me llegó la idea del cuello y pude decírsela a Antonio. Ahora le toca a él.

—¿Y crees que sobreviva?

—¡Por supuesto! Yo siempre selecciono a los mejores hombres. Recuerda a mi gabinete del 58, recuerda a Guillermo.

—¡Ay, ahí vas de nuevo con Guillermo! ¡Ojalá llegue el día en el que hables de mí así!

—Ay... olvidé que ese era un asunto delicado para ti.

—¡Pero claro! O dime, ¿dónde está Guillermo? Yo he estado a su lado, señor Presidente Juárez, por más de cien años, ¡pero Guillermo, el gran Guillermo Prieto es al final el héroe nacional! ¿Y todo por qué? Por gritar «los valientes no asesinan», ¡sólo por eso!

—Santos... será mejor que descanses, vuélvete a dormir.

Cuando el maestro René, Antonio y Margarita entraron al autobús escolar, encontraron a Nacho cumpliendo su castigo de la mejor manera posible: jugando póquer con el chofer. Y, por el montoncito de monedas que se encontraba a su lado, al parecer no era tan mal jugador.

—Ignacio, ¿qué haces? —preguntó el maestro René, en un tono de regaño, porque los naipes y la cara nerviosa del chofer dejaban bastante claro lo que estaba haciendo.

—Le estoy enseñando matemáticas —fue la respuesta inmediata del chofer, quien de prisa recogió las cartas y salió del autobús— ¡Voy al puesto de tortas de aquí a la vuelta a tomarme mi hora del lunch, jefe!

—Luego hablo contigo —le alcanzó a gritar el maestro René.

Nacho, precavido, camino sigilosamente al fondo del autobús.

—Antonio, Margarita: me sorprenden —dijo el profesor—. ¿Por qué se salieron del concierto? ¡Esto lo tienen que saber sus padres, lo siento mucho!

A Antonio no le preocupaba la reacción de su mamá. En primera, porque ella siempre se enojaba, sin importar razón. Y, en segunda, porque estaba esperando el rayo láser que en cualquier momento saldría disparado desde los ojos del maestro René, partiéndolos en dos a Margarita y a él.

Pero no parecía que el maestro tuviera ese plan. Es más: parecía que realmente ignoraba por qué se habían salido de aquel concierto. Estaba concentrado en el regaño acostumbrado, con las mismas frases hechas de cualquier profesor.

—Y tú, Margarita, deberías tener más cuidado. Siendo de nuevo ingreso y de provincia, deberías saber comportarte mejor...

Toño vio que Margarita miraba al maestro René con una expresión seria, y que cuando lo volteaba a ver a él, le lanzaba miradas asesinas. Quería gritar que no había sido su culpa, pero el maestro René no dejaba de hablar.

De pronto, sonó el vibrador del celular del maestro. Hubo un momento incómodo en el que se miraron unos a otros hasta que se decidió a contestar.

—¿Bueno? Ah, sí. Sí, sí, aquí estamos, en el autobús. —Su cara tomó un aire de preocupación—. Sí, pero es que... a ver, permíteme... —se quitó el celular del oído y, mientras salía del autobús, les dijo a los niños—: Es su maestra Amelia, quiere hablar conmigo.

—¿Por qué se salieron? —preguntó Nacho, acercándose a ellos.

Toño le contó lo que le había dicho Juárez en el Hemiciclo, lo del ojo en la nuca del maestro René y cómo Margarita lo había visto también. En ese momento, ella ya estaba dudando de lo que había visto.

—Seguro fue la luz de un reflector o alguna shunshe de esas.

—No, Margarita, yo estoy seguro de lo que vi. ¿Y qué me dices de lo de Benito Juárez? Él me lo advirtió.

Margarita no sabía si reírse de aquel niño al que le gustaba o salir corriendo hasta llegar a su natal Chihuahua. Lo mejor sería esperar al maestro René. Mientras tanto, sólo dijo:

—Estás loco, Toño. ¡Las estatuas no hablan! Y ya no creo nada del ojo, no sé cómo le hiciste para que apareciera en el cuello del maestro, no sé por qué me quisiste sacar del concierto y no sé por qué te hice caso.

—No, no, no —contestó Toño—. Les juro que todo es verdad, ¡el maestro René es un extraterrestre! —Miró a Nacho, su mejor amigo, quien tampoco se veía muy convencido, y apeló—: Nacho, tú me crees, ¿verdad?

Después de pensarlo unos segundos, Nacho miró hacia afuera, donde el maestro René terminaba de hablar por teléfono. Se levantó, se acercó a la puerta y dijo:

—Sólo hay una manera de saberlo, ¿no?

Fue tan rápido que ni Toño ni Margarita tuvieron segundos para reaccionar. En cuanto el maestro René entró al autobús, Nacho apresuradamente le revisó el cabello entre la nuca. El profesor se distrajo, tropezó con su propio pie, cayó sobre el piso metálico y quedó inconsciente.

Silencio y bocas abiertas. Nadie dijo nada durante diez, veinte segundos. Margarita volvió a respirar agitadamente.

—¡Lo mataste! —gritó, por fin—. ¡Asesino!

—Nacho, yo estaré loco pero tú estás idiota —dijo Toño.

—Tranquilos, no pasa nada —dijo un Nacho muy sereno—. Si es un alien, nos lo agradecerá. A ver, Toño, dijiste que vieron el ojo durante los aplausos. Pues, entonces, hay que aplaudir.

Y comenzó a dar aplausos de foca, ruidosos y con eco. El cuerpo boca abajo del maestro René no producía ningún cambio, sólo se veía el ir y venir de su respiración. Como no pasaba nada, Nacho les dijo a sus compañeros:

—¡Ayuden, flojos!

Toño suspiró y aplaudió también. Después de un rato, Margarita también lo hizo, sin dejar de lanzar miradas de reproche a Toño, quien sólo pensaba: «¡Me está mirando, me está mirando!».

Cuando las manos comenzaron a dolerles, sucedió de nuevo. Primero, un pequeño parpadeo verde, y enseguida el contorno claro de un ojo.

—¡Aplaudan, aplaudan! —gritó Toño, y los tres aplaudieron más vigorosamente.

La luz del ojo se volvía más intensa con cada aplauso. Los niños estaban al mismo tiempo emocionados y aterrados. No podían dejar de aplaudir.

Pero lo hicieron en cuanto el cabello de la nuca se separó, y apareció un hilo de sangre en el cuero cabelludo del maestro René.

De la pequeña herida salió lentamente algo parecido a una piedra ovalada y babosa. Tenía la forma de un ojo, con todo y su pupila. Brillaba igual que cuando estaba adentro del maestro, pero flotando libre en el espacio, en medio del autobús escolar, se veía más espectacular.

El ojo-piedra se movía como una nube, y desprendía un poco de calor y un zumbido ligero cuando se desplazaba. Se acercó en silencio a cada uno de los niños.

—Shhhh —Toño calmó a sus amigos. Se sentía responsable de haber metido en este problema a su mejor amigo y a la niña de sus sueños—. Dejen que se vaya.

El ojo-piedra los analizó de arriba abajo, se acercó a sus ojos, soltó un par de zumbidos y flotó hacia abajo. Después de recorrer el cuerpo del maestro René, flotó hacia la ventana.

Como los insectos, chocó un par de veces contra la ventana cerrada. Pero al tercer intento, retrocedió un poco, rompió el cristal y se perdió en el cielo capitalino.

Fue entonces cuando Toño, Nacho y Margarita gritaron con todas sus fuerzas.

4. RECUADROS Y COLORES

—¿QUÉ HACEMOS? —preguntaron todos al mismo tiempo y ninguno contestó. El maestro René ya comenzaba a moverse. Era cuestión de minutos para que recobrara la conciencia.

Pero nadie hacía nada. Seguían en el mismo lugar, con la mirada fija en el cuerpo tendido de su maestro y los cristales rotos a su alrededor. Afuera, el bullicio cotidiano de la Alameda no se había alterado.

—¡Está muerto! —gritó por fin Margarita. Toño la miró con la boca abierta.

—No está muerto, mira, respira. Pero, ¿eso es lo que te preocupa? ¡Un ojo extraterrestre acaba de salir de la cabeza de...!

—Mira, tú cállate, shamaco, que me metiste en esto a fuerzas.

—Nadie te obligó. Además, tú viste todo también —la discusión había pausado brevemente el enamoramiento que sentía Toño por Margarita.

—Vas a ver cuando hable con miss Amelia, voy a acusarte a ti y a tu amigo de todo.

—Pues a ver cómo le haces tú solita contra dos, ¿verdad, Nacho?

Pero Nacho no decía nada. Su atención estaba puesta en el exterior del autobús, que estaba rodeado por una docena de ojos-piedra. No eran muy grandes ni ruidosos, y nadie en la Alameda se había percatado de su existencia. Sólo Margarita, Nacho y Toño.

—Shhh, no se muevan. No nos van a hacer nada.

Uno a uno, los seres extraterrestres se metieron al autobús por el agujero del vidrio roto. El zumbido que emanaban no era monótono, parecía que hablaban entre ellos.

—¿Qué dicen? —preguntó Nacho. Y los pequeños ojos-piedra detuvieron su plática, como si les hubiera molestado la interrupción. Se limitaban a flotar entre los niños, en silencio.

Lentamente, Toño miró hacia la puerta y vio que seguía abierta de par en par. Calculó la distancia entre ellos y la salida y susurró:

—Prepárense para correr.

Como una ligera pluma, un ojo descendió hasta la nuca del maestro René, aún inconsciente. Con la ayuda de una luz gruesa y blanca, lo analizó desde el cuello hasta la coronilla, y después de un «bip, bip», se dirigió hacia el interior de la cabeza del profesor.

—¡Oh, no! —gritó Toño y pisó con fuerza el ojo. Quizás fue demasiada, pues el maestro René exhaló un pujido extraño. A través de su zapato, Toño sintió la consistencia gelatinosa pero firme del ojo, y supo que su pisada lo había partido en dos.

En ese momento fue cuando los extraterrestres se enojaron.

Los demás ojos-piedra, todos al mismo tiempo, comenzaron a disparar pequeños rayos de luz, que se sentían como un cigarro encendido sobre la piel. Aunque los niños se cubrían, los rayos eran demasiados y muy certeros.

—¡Ay, queman!

—¡Hay que salir del camión!

—¿Cómo?

Nacho intentaba devolver los ataques. Sacudía las manos, trataba de derribar algún ojo-piedra, pero éstos eran muy rápidos. En un momento de desesperación, quiso atrapar uno con las dos manos, pero se le escabulló. Sin embargo, el sonido de las manos aplaudiendo pareció aturdirlo.

—¡Eso es! —exclamó Toño—. ¡Aplaudan otra vez!

Los tres comenzaron a aplaudir frenéticamente, y los rayos cesaron. Los ojos-piedra giraban dulcemente, en una especie de trance.

—¡Corran! —gritó Toño, y en cinco segundos los tres niños ya estaban afuera del autobús corriendo hacia el Palacio de Bellas Artes.

—¿A dónde vamos? —preguntó, jadeando, Margarita.

—Tengo que hablar con don Benito.

Margarita se desconcertó por la respuesta de Toño y estaba a punto de repetir su pregunta cuando, de pronto, los tres se detuvieron.

La manifestación no había terminado. Había un gentío rodeando el Hemiciclo a Juárez. Toño movió la cabeza, pensando qué hacer.

—¡Ya sé! Préstenme un billete de veinte —le pidió a sus amigos. Pero ninguno tenía más que monedas.

Toño miró una papelería al otro lado de la calle, y dijo:

—Vamos.

La papelería tenía muebles viejos de madera y había muy poca luz. Olía a cigarro y a humedad. Detrás del mostrador, un anciano con un saco gris y lentes muy gruesos sonrió y les preguntó, con una voz ronca y amable:

—¿Sí? ¿Qué desean?

—Me da por favor todas las monografías que tenga de Benito Juárez —solicitó Toño. Nacho y Margarita lo vieron con extrañeza.

—Huy, joven —dijo el anciano, después de hurgar en un cajón lleno de monografías—. Sólo tengo una.

—No importa, démela —contestó Toño, y pagó.

Los tres corrieron hasta llegar a Luis Moya, una calle sin tanta gente donde podrían esconderse con facilidad.

—¿Ahora sí nos vas a decir qué vamos a hacer? —Margarita sonaba impaciente.

Toño, con la monografía en la mano, dudó por un momento. ¿Qué tal si su plan no resultaba y él quedaba en ridículo frente a esa niña tan bonita? Nacho pareció leerle la mente, pues dijo:

—Hazlo, no hay de otra.

—¿No hay de otra qué? —le preguntó Margarita.

Nacho contó lo que Toño le había platicado del billete y de su pequeña conversación con Benito Juárez.

—Y me habló de nuevo hace rato, en el Hemiciclo, y ahora... quizás me hable por aquí.

Margarita no dijo nada. Volteó a ver hacia la calle, vio a sus dos compañeros y finalmente alzó los hombros y dijo:

—Está bien. Hazlo. Pues ya qué, hombre.

Toño suspiró aliviado, y desenrolló la monografía.

Eran trece ilustraciones. Doce pequeñas, cada una mostrando alguna etapa de la vida de don Benito, y una grande, con un retrato de él, de mirada severa y con su distintivo peinado, rodeado de varios hombres con peinados y bigotes raros.

—¿Don Benito? —preguntó Toño—. ¿Anda por ahí?

No hubo respuesta, así que insistió:

—Don Benito. ¡Don Benito!

—Di su nombre completo, a ver si así —recomendó Nacho, pero Toño obviamente no recordaba el nombre completo del Benemérito de las Américas.

—Este... sí.

—Ejem —tosió Margarita, y señaló la parte trasera de la monografía.

— Ah, sí —dijo, apenado—. Don Benito Pablo Juárez García, ¿está usted por ahí?

—Aquí estoy, caballero —dijo una voz con acento cubano.

—¿Oyeron eso? —preguntó Toño, esperanzado por que alguno de los demás lo hubiesen hecho, pero ellos negaron con la cabeza.

—Chico, no tenemos mucho tiempo —continuó la voz—, mire que buscarme por acá... ¡qué cosa más grande!

Toño no entendía la razón del acento. Sí, ésa era la voz, pero ¿por qué cubana? Además, a diferencia del billete, el rostro de don Benito en la monografía no reflejaba ninguna emoción.

—Don Benito, nos atacaron los ojos.

—Sí, lo sé, chico, pero ¿por qué no me mira usté a los ojos?

—¿Qué, qué pasa? —preguntó Margarita. Ellos únicamente lo veían hablar solo. Toño miró en el resto de las ilustraciones. Y ahí estaba, mirándolo fijamente, desde la ilustración que llevaba por título «Exilio en Cuba», que lo retrataba enrollando tabaco.

—Así está mejor, chico. Ahora no tengo mucho tiempo. Todavía no sé cómo sirve esto, no sé manejarlo bien así que téngame paciencia, ¿oyó?

—Sí, está bien —respondió— pero le tengo que platicar de los ojos. Un maestro tenía uno adentro de su cabeza, y con aplausos mis amigos y yo lo sacamos, pero llegaron muchos ojos más y nos hicieron todas estas quemaduras. Y fue también con aplausos como pudimos huir, parece que eso les afecta mucho.

—Tu amigo está loco —le dijo Margarita a Nacho.

Don Benito ya no respondió. Su cara había regresado a ser la de siempre. Seria y, en esta ilustración, un poco triste.

—¿Don Benito?

—No se entregue usted a las emociones humanas, licenciado —la voz de don Benito era ahora muy parecida a la que había escuchado Toño por primera vez, aunque un poco más joven y adornada. Supo por qué: don Benito aparecía vivo en el recuadro titulado «Benito Juárez, litigante»—. Si bien no se cae en delito alguno, le sugiero apegarse siempre a derecho —Toño no entendía la mitad de lo que estaba escuchando—. En consecuencia, el procedimiento que recomiendo es el que describo a continuación: Yo, Don Benito Juárez, doy fe expresa *in iure totalis* que será una solución expedita.

—¿In qué? ¿Expedi qué? —Toño estaba tan extrañado como sus amigos. No había entendido nada.

La expresión de aquel recuadro había regresado a la normalidad. Toño suspiró, un poco porque aquel Benito Juárez litigante no le había caído muy bien, y en parte porque lo único que creyó haber entendido fue: conserva la calma.

—¿Qué te dice? —preguntó Nacho, curioso.

— No sé —admitió Toño—, pero ahorita sí le voy a entender... espero. ¿Don Benito?

—Aaaay... —se escuchó una voz muy ronca, enferma, lastimosa. Toño encontró que provenía de la imagen «Muerte de Benito Juárez».

—No, don Benito, no se muera por favor.

—«¿No se muera?» ¿Qué no se murió ya hace mucho? —preguntó Nacho.

—Aaay, Antonio... mi fin... mi fin está... —don Benito tosió como un perro y, después de unos segundos, prosiguió— está cerca... Has sido muy valiente... Aaaay —más toses—, lo que tienes que hacer es... —y antes de completar la frase, don Benito murió.

—¡Nooooo! ¡Don Benitooo!

—¡Shh! —reclamó Margarita—. ¡Acuérdate de que nos estamos escondiendo!

—Es que... —Antes de que Toño comenzara a explicar, escuchó un sonido dulce y melodioso. Era una flauta.

Buscó. Era «Benito Juárez, pastor», y el Benemérito aparecía entre varias ovejas.

—*Dioxei*, siñor —dijo Benito, tímidamente—. *Gwxi'ixen*, disculpe su merced, pero Benito no está muerto, aquí está para servir a sus mercedes y a Dios nuestro siñor, aunque Benito es laico, siñor, y odia esta imagen prejuiciada, siñor. *Belgüiz Diozen.*

—Bueno, perdón —se disculpó Toño—. Pero ahora por favor dinos qué tenemos que hacer para que no nos atrapen los aliens.

—Como usted mandi, siñor —y Benito Juárez comenzó a hablar—. *Chäsä'äne' çhe beþä' güet beþe' de que bazjänape' alm laogüe de'en bazjänote'beþä'...*

—Oye, ¡espera! Yo no sé hablar... —revisó el reverso de la monografía— zapoteco.

Pero Benito no contestó porque había vuelto a su estado de retrato.

—Uf... —Toño había comenzado a desesperarse. Creía que era víctima de alguna broma histórica, pero nuevamente le habló Benito Juárez, esta vez desde el dibujo grande.

—Hola, Antonio. Creo que desde aquí sí puedo hablar un poco mejor. Mira, lo que te he querido decir es que tienes que esconderte un tiempo con tus amigos. Ya saben que existes y que alguien te está ayudando. Escóndanse hasta que yo consiga un poco más información sobre ellos.

No platiquen con nadie sobre esto, especialmente adultos, muy especialmente maestros. Sospecho que ellos tienen algo que ver con la invasión. ¿Entendido?

—Entendido —contestó Toño.

—Ahora debo irme. Creo que ya conoces la forma en la que podemos comunicarnos. Mucha suerte hasta entonces. Y lo más importante: eviten cualquier contacto con esos ojos. Ellos son más peligrosos que esas armas en forma de rayos que me describiste.

—Está bien. Gracias, don Benito.

—Y una última petición. Si en las próximas horas no me pueden contactar, busquen alguna imagen de mi amigo, el excelentísimo Santos Degollado.

—¿Así se murió?

—¡No, ese es su nombre, más respeto!

—Lo siento.

Don Benito ya no respondió. En pocos segundos, Toño transmitió las palabras del Benemérito a sus amigos, y estuvieron de acuerdo en ocultarse.

—Conozco un lugar perfecto para escondernos —propuso Margarita—. Los esos monstruos vuelan, así que podemos ir en metro para que no nos puedan perseguir. Hay una estación a dos cuadras de mi casa.

—¡Excelente! —respondió Toño, ilusionado—. Estoy de acuerdo.

—Yo también —Nacho estaba un poco inquieto—, aunque tengo una duda.

Y del bolsillo de su pantalón sacó las dos mitades del ojo que Toño había pisado en el camión.

—¿Y qué hacemos con esto?

—Santos, Santos, ¡Santos!

—Estoy despierto, no tienes que gritar. No estoy sordo, como Guillermo, «ñel ñéroe ñacioñal».

—No empieces con tus burlas y hazme caso, Santos. Es que estoy un poco apurado.

—¿Por?

—Voy a empezar la resistencia, Santos.

—¡No, Benito, no te corresponde! ¡Tú tienes que descansar y aceptar que ya estamos muertos!

—Si ya estoy muerto, Santos, explícame por qué siento. Por qué experimento aún un compromiso con mi patria, y más aún con esos niños.

—Eh...

—Explícame por qué no podemos hallar descanso. Tú de mí y yo de mis deberes como líder histórico de mi país.

—Ay... otra vez...

—Sí, otra vez, Santos. ¡Otra vez! Porque este país siempre tendrá problemas.

—¡Exacto! Y siempre los tuvo, desde antes de que tú llegaras. Pero nunca vimos a Miguel Hidalgo recorrer las calles con su ejército insurgente, ¿o sí?

—Es... diferente.

—No, no lo es. Acepta de una buena vez que nosotros tuvimos nuestro tiempo. Tú, yo, liberales, conservadores, todos. Y que esto que haces no es movido más que por el deseo de sentirte importante otra vez.

—Quizás un poco... pero, Santos, ¿qué tal si mi misión aquí es ayudar allá? ¿Qué tal si, al cumplir con esta encomienda, podemos salir de este lugar?

—Ya no lo creo. Has salido en otras ocasiones y no ha pasado nada. Las pirañas gigantes en Manzanillo... las vacas asesinas en La Laguna... la desviación del Usumacinta... la enfermedad zombi de aquel presidente... ¡en todas esas situaciones has ido a prevenir y a ayudar!

—El problema es que nadie se ha enterado, Santos. Además nada había sido tan grande como esto. Y esta ocasión... es diferente. Me siento muy extraño... como si poco a poco fuera adquiriendo más y más poder sobre mí.

—Veo que no podré convencerte de no ir.

—Ves bien.

—En ese caso, te deseo éxito y, más que nada, deseo que ninguno de esos niños resulte lastimado.

—Gracias, Santos, como siempre quedas invitado a acompañarme. Sabes por dónde voy a andar.

—Sí, lo sé. Pero conoces mi postura al respecto.

—Sí. Bueno, adiós, amigo. ¡*Veritas ad eternum*!

—Adiós. ¡*Veritas ad eternum*!

5. EL SÓTANO

—¡APÁ, YA LLEGUÉ! —gritó Margarita desde la puerta abierta—. Pasen, pasen —Toño y Nacho obedecieron.

—¿Tá bueno, m'ija? —exclamó una voz distraída, desde alguna otra habitación.

El departamento de Margarita era grande y estaba repleto de cajas de cartón, unas todavía cerradas y con letreros como «trastes», «cosas del baño», «OJO-FRÁGIL», y paredes a medio adornar. Durante el viaje en metro hacia la casa de Margarita, en el sur de la ciudad, ella les había contado que tenía dos hermanos y dos hermanas. Margarita era la menor de todos. Su madre había muerto un año atrás y todos, padre e hijos, tomaron la decisión de abandonar Chihuahua. Al papá no le costó mucho encontrar trabajo en una compañía de seguros. Lo malo era que debía viajar gran parte del tiempo.

—Hola, Maryi, ¿Qué pasó, m'ija? —Su papá, cargando con una maleta en la mano, se acercó a ella y le dio un beso y un abrazo largo—. ¿Quiénes son tus amigos? A ver, preséntamelos, musho gusto.

—Son Toñ... Antonio e Ignacio.

—Ah, pero qué mushashos estos —El papá hablaba muy rápido.

En lugar de saludar con la mano, el papá les sacudió el cabello a los dos.

—Ya me voy, Maryi, ten dinero. Tienen mi número celular. Juana fue al cine con su novio y Manuel y José llegan en la noche. Yo regreso el lunes. Te quiero harto, m'ija.

—Pero... ¡papá! —dijo débilmente Margarita.

Su papá se detuvo en la puerta, regresó con ella y la abrazó. Nacho y Toño se alejaron un poco.

—Ah, pero qué caray... Si ya hemos hablado de esto, Maryi. ¡Tengo que trabajar para sacar adelante a la familia! Además, no te quedas sola. Están tus hermanos... y tus nuevos amiguitos. ¡Ya habíamos quedado, hombre!

—Bueno —dijo Margarita.

—Te juro que pronto pido unas vacaciones y nos vamos a Orlando, a París, ¡a donde tú quieras! O a visitar a tus tíos de Shihuahua, faltaba más.

—Sí...

—¡Bueno, me voy, que me deja el avión! —gritó, y cerró la puerta.

Margarita suspiró.

—Vacaciones... lo mismo dijiste el año pasado... —dijo con amargura. Después, el departamento quedó en silencio.

—¿Este es tu escondite? ¿Un departamento común y corriente? —preguntó Nacho.

—Claro que no, vengan. Con todo y moshilas —los movimientos de Margarita se volvieron un poco más violentos. Ella misma tomó las tres mochilas y abrió la puerta tan rápido que se escuchó un silbidito.

Salieron del departamento y bajaron hasta el sótano. Se detuvieron ante una puerta de metal sin pintar. Margarita se sacó un collar del cuello que tenía una llave pequeña.

—Nadie lo usa, y a ningún vecino le importó que yo lo ocupara. Pasen —cerró la puerta con la llave y se la colgó de nuevo.

Estaba muy oscuro y olía a humedad.

—No hay ratas, ¿verdad?

—No. Ya no —contestó Margarita. Nacho y Toño se miraron uno al otro, o eso imaginaron los dos, en medio de la oscuridad.

Margarita ubicó el interruptor de luz y lo activó. Se prendieron varios focos de muchos colores y lucecitas de navidad que formaban la palabra MARGARITA. En las paredes había varios pósters de estrellas del cine y la televisión, y muchas fotos. Toño se acercó a verlas. En todas salía una señora que él supuso era la mamá, pero no se atrevió a preguntar.

Margarita había instalado un pequeño refrigerador, decenas de cojines y un radio con televisión. Tomaron tres refrescos, se acostaron y encendieron la tele.

Toño vio su reloj. Aún faltaba una hora para que su mamá comenzara a notar que no había llegado a casa, igual que la abuela de Nacho. Quería hablar del asunto ojos-extraterrestres-Benito-Juárez, pero al mismo tiempo no; se la estaba pasando muy bien.

«Interrumpimos este programa» dijo una persona seria, vestida de traje, en la televisión, «para anunciar la búsqueda de tres individuos altamente peligrosos».

—Cámbiale —pidió Nacho. Margarita lo hizo, pero la transmisión era la misma en todos los canales.

«Se trata de tres niños que han perdido el camino y que se convirtieron en jóvenes delincuentes» continuaba el locutor, mientras en la pantalla aparecían las fotos de Nacho, Toño y Margarita.

—¡Qué! —exclamó Toño. Nacho no podía hablar. Margarita gritó.

«Según informes de la policía, esta peligrosa banda, liderada por Antonio López y conformada por Ignacio Flores y Margarita Montemayor, es responsable de veinte secuestros, ocho homicidios, y una cantidad no determinada de robos a mano armada».

—¡No! —gritó Toño.

«Fuentes cercanas a este reportero han trascendido que esta basura humana (con todo respeto) fue la que trajo desde África el virus de la influenza, e incluso se habla de que fueron ellos quienes hipnotizaron alguna vez al gran entrenador de la selección con el fin de que este no metiera al Chicharito en aquel partido de octavos de final. Esos malditos...

»En cualquier caso, esta mortífera agrupación delictiva anda suelta. Le recordamos a nuestro amable auditorio que, si alguien conoce a alguno de ellos, es su responsabilidad moral decirnos dónde están».

Ninguno de los tres podía creer lo que estaban viendo y oyendo. Su foto en la tele con la leyenda «SE BUSCA», y todos esos crímenes que les habían inventado en cuestión de segundos.

«No está de más comentar que se ofrece una cuantiosa recompensa por su captura. Muchas gracias». El anuncio terminó y la televisión continuó con su programación regular. «En otras noticias, el secretario de educación anunció que este lunes se repartirá un disco compacto a todos los educadores del país, con contenidos multimedia...»

Toño apagó el aparato.

—¿Qué hacemos?

Ninguno respondió. Margarita comenzó a aventarle todos los cojines que tenía a la mano.

—¡Yo no quería esto! —gritó, llorando—, ¿por qué te hice caso? ¡Shangos!

Toño no sabía qué hacer. Sólo resistir los disparos acolchonados y repetir:

—Perdón, perdón, lo siento.

Por su parte, Nacho hurgó entre su mochila y sacó las dos mitades del ojo extraterrestre. Las juntó, esperando a que reviviera y volara de nuevo, pero no pasó nada.

Margarita terminó de descargar su ira y se encerró en el baño.

—¿Algún plan? —le preguntó Nacho a Toño.

—Don Benito dijo que nos escondiéramos y esperáramos noticias suyas.

—Nos están buscando, ¿tú crees que los vecinos no van a delatar a Margarita? Seguramente ya están cerca.

—Pero don Benito...

—¡Don Benito nada! —gritó Nacho—. ¡Vamos con esos marcianos, vas a ver cómo les parto la cara y terminan así! —y le mostró el ojo partido en dos.

Toño iba a argumentar de nuevo la petición escuchada en la monografía, pero lo interrumpió un chillido.

—¡Una rata! —gritó Nacho y casi se sube a la cabeza de Toño.

—¿Qué te pasa? —Toño se separó de él y corrió al baño—. ¿No le tienes miedo a una invasión extraterrestre pero saltas con un chillido de rata? —Tocó a la puerta—. ¿Margarita? ¿Estás bien?

Margarita abrió el baño en ese momento, con diez, veinte, cien ojos voladores atacándola. Antes de correr también, Toño vio que seguían saliendo del escusado.

—¡Corran! —gritaba Nacho desde la puerta de metal. Los rayos que lanzaban los ojos quemaban incluso más que antes.

Lograron cruzar la puerta y la cerraron de golpe. Inmediatamente, sonaron varios golpes metálicos y aparecieron chichones en toda la puerta.

—Esto no va a resistir mucho —dijo Toño—. Vámonos.

—Pero ¿a dónde? —preguntó Margarita, al mismo tiempo asustada y enojada—. A mi casa no porque esas cosas ya deben de estar ahí. Y en la calle nos están buscando.

Más golpes. Más chichones. La puerta temblaba.

—Vamos a la mía. Mi mamá entenderá.

—¿Pero cómo? ¿Y la gente? —Nacho sostenía la puerta, pero era demasiada la fuerza, y la puerta se venció.

—¡Como sea! ¡Hay que volver al metro! —gritó Toño, y los tres subieron las escaleras, corrieron a la salida del edificio y salieron al mundo. Corrieron varios metros hacia la entrada de la estación de metro. Las calles parecían tranquilas: los peatones caminaban pensativos, el tráfico era el normal y, aunque los tres niños revisaban constantemente, nadie los seguía.

—Disimulen, disimulen... —repetía Toño. Caminaban por la acera, uno junto a otro y al mismo paso— ¿Ven? No pasa nada.

—¿Cómo llegamos a tu casa? —preguntó Margarita.

—Está cerca, serán unas dos o tres estaciones de metro —mintió, pues él vivía a doce estaciones y un trasbordo de donde estaban.

—Oye, ¿y de veras tu mamá va a entender por qué llegamos a esta hora, y por qué estamos en la tele? —preguntó Nacho. Al parecer, conocía un poco mejor a la mamá de su amigo.

—¡Claro! —respondió Toño—. ¿A poco crees que es una típica mamá histérica? Por supuesto que no, no me trata como niño.

En ese momento sonó el teléfono celular de Toño. Los tres se detuvieron para que pudiera contestar. Toño revisó: era su mamá.

—Hola, ma. ¿Cómo te... —no pudo seguir hablando. Los gritos eran tan fuertes que Nacho y Margarita los escuchaban claritos:

—¡Dónde estás escuincle del demonio! ¡Mira que cuando te vea te vas a acordar de mí! ¡Te me vienes a la casa ahorita mismo! ¡Castigado por dos, tres sem... siete mes...! ¡Un año!

—Mami, mami, te lo puedo explicar todo. Por favor, hazme caso.

—¡Qué mami ni qué ocho cuartos! ¡Ven para acá inmediatamente!

—Bueno, bye... —Toño colgó. Suspiró, contó hasta diez y les dijo a sus amigos—: Pues vamos, ¿no?

—¿Por qué nadie te llama a ti? —le preguntó Margarita a Nacho.

—Uh, no. Yo vivo con mi abuelita. Y ella no ve la tele. Ella se la pasa poniendo discos de acetato con música de trompetas y canciones de Luis Miguel. Lo que sí, es que se le va a hacer raro cuando vaya por mí y yo no esté, pero ha pasado antes y no pasa de un regaño.

Toño adivinó que la siguiente pregunta de Margarita sería por qué Nacho vivía con su abuela, y también sabía que Nacho se ponía muy triste con esa pregunta, así que mejor se metió en la conversación.

—¿Todavía tienen boletos? Yo ya no.

Pero ninguno de los dos pudo contestar. En un pequeñísimo instante, una camioneta negra frenó junto a ellos, la puerta lateral se abrió y tres hombres enormes les cubrieron la cabeza con costales negros para después subirlos apresuradamente a la camioneta. Fue algo tan rápido y misterioso que no sonó ningún claxon en la calle.

Toño gritaba con todas sus fuerzas debajo del costal. La tela raspaba y la opresión le dificultaba respirar.

—¡Déjenme! ¡Por favor! —se quería soltar pero uno de los hombres lo tenía muy bien sujetado de los brazos. Adivinaba que Nacho y Margarita estarían igual. Cuando se calló un momento para tomar todo el aire posible, escuchó el grito desgarrador de Margarita.

—¡Mamáaaaaa! ¡Mamita, ayúdame! ¡Mamáaaaa!

Comenzó a gritar:

—¡Déjenla a ella! ¡Todo es mi culpa, me buscan a mí, nada más!

Pero no pudo seguir gritando. Tampoco Margarita, ni Nacho. Después de un psssss como de un aerosol, se le acabaron las fuerzas. Le costaba trabajo hasta abrir la boca, articular una palabra o mantener abiertos los ojos.

Entonces se quedó dormido.

6. AL ÓLEO

—QUÍTENSELO —fue lo primero que escuchó Toño. Seguía envuelto en el costal, tan pegado a él que la punta de su nariz podía oler y tocar mocos y baba secos. La voz lo despertó, pero seguía amodorrado y con un dolor de cabeza punzante y agudo.

De golpe, le quitaron el costal. No supo quién, porque una luz muy intensa lo deslumbró y tuvo que cerrar con fuerza los ojos durante algunos segundos. Estaba amarrado por detrás a una silla terriblemente incómoda.

—Hola, Antonio López —de nuevo la voz. Toño movió la cabeza de un lado para otro para dominar las punzadas y poder escuchar con más atención. La voz era seria y parsimoniosa, como de un señor aburrido. Toño no podía ver muy bien por el deslumbre de la luz.

—¿Dónde estoy? ¿Mis amigos, dónde están?

—No te preocupes, Antonio. Ahorita vienen tus amigos. Sólo quería hablar un momento contigo —y justo después de que el hombre dijera eso, Toño escuchó los pasos de otros dos hombres que salían de esa habitación y cerraban la puerta tras de sí—. Muy bien. Ahora podemos platicar.

—¿Quién es usted? ¿Dónde estoy? —Toño se estaba desesperando. Forcejeó para liberarse de los nudos que ataban sus manos, pero sólo se lastimó las muñecas.

—Antonio, ¿no me reconoces? —El hombre pareció ignorar la posición oprimida de Toño—. ¿Que no te enseñan nada en la escuela? ¡Mírame bien, pon atención!

Toño se acercó un poco hacia la voz pero no vio nada.

—No lo puedo reconocer porque la luz me deslumbra.

—Ah, disculpa —el hombre le quitó la luz de encima—. Era para que entraras en calor.

La luz se volvió más soportable. Provenía de un candelabro de acero que colgaba sobre ellos. Era una enorme lámpara con focos potentes y de gran tamaño. Toño pudo ver a su interlocutor. Era un señor no tan viejo, trajeado y muy bien peinado. Estaba sentado detrás de un gran escritorio perfectamente acomodado.

—¿Sigues sin reconocerme? —le preguntó—. Mira a tu alrededor, a ver si ubicas.

Toño le hizo caso: miró las cuatro paredes de la habitación. Era una oficina normal, con sus cajoneras, su garrafón y... pinturas de antiguos presidentes en las paredes. Lo único que no encajaba era justamente él, un niño amarrado en una silla.

—No... —dijo Toño—. No sé quién es usted.

—¡Soy el Secretario de Educación! ¡Estoy en todos los canales de televisión desde hace varios meses! ¿No has visto los comerciales de «Estamos educando mejor»?

—Ah, sí... —dudó Toño. Se acordaba ligeramente de su cara, con esa pista. Pero ¡qué importaba! Era alguien importante y podía ayudarle—. ¡Señor Secretario, suélteme! Alguien nos secuestró y no sé dónde están mis amigos. ¡Y eso no es todo! ¡Unos aliens nos van a invadir!

El Secretario soltó una carcajada sonora y larga, como si hubiera oído un chiste muy bueno.

—Antonio, Antonio. Permíteme aclararte todas tus dudas de una vez —acercó su cuerpo al de Toño—. Primero, repito: tus amigos están bien. Pronto los verás. Segundo: los papás de todos ustedes ya están enterados oficialmente que están a salvo, con nosotros. Y tercero... esta es la parte que se pone buena.

Toño se distrajo un momento pensando en su mamá. No es que dudara del poder de un secretario estatal, más bien, sabía que su mamá era un poco... difícil.

—Mira, Antonio. El universo es un lugar muy grande. Seguro te acuerdas de tus clases de tercero de primaria. Ahí viste que el planeta Tierra es una cosita de nada comparado con todas las galaxias que hay alrededor.

Pero ¿de qué estaba hablando ese señor? Toño estaba amarrado frente a él y él actuaba como si no le importara. Además, si algo detestaba Toño en la vida era el tono condescendiente de los adultos, como si le hablaran a un niño chiquito y bobo. En lo que el secretario seguía hablando de planetas y meteoritos y demás, Toño dio otro vistazo a las paredes de la oficina. Se fijó en los cuadros con todos los presidentes del país pintados en ellos. El que estaba en turno se encontraba justo detrás del secretario. Toño buscó instintivamente a Benito Juárez. Lo encontró junto a la ventana que daba al patio, a la izquierda del funcionario. Le buscó algún signo de humanidad, como el que había hallado en el billete de veinte pesos, pero no encontró nada.

—Antonio, por favor, pon atención. Ya te expliqué de dónde venimos, y ahora necesito que tú contestes mis preguntas. Esto es importante —la voz del Secretario se volvió más severa—. Necesito que me digas cómo supiste de nuestras cápsulas patrulla.

—¿Cápsulas? —preguntó Toño, sin saber a qué se refería.

—Tenemos reportes de que hubo un par de enfrentamientos entre ustedes y una unidad de cápsulas. Primero, en el cuadrante A4, en la Alameda Central, y el segundo, en los edificios Independencia, correspondiente al cuadrante F16.

—¿Está hablando de... las piedritas voladoras que lanzan rayos láser?

El Secretario sonrió, burlón.

—Son mucho más que *piedritas*, Antonio. Son nuestro ejército. O mejor dicho: los jinetes de nuestro ejército.

—No entiendo.

—Claro que no entiendes. Tu cerebro es demasiado pequeño para comprender un evento de tan gigantesca magnitud.

Toño ya no aguantó ese tonito y comenzó a decir lo que sabía.

—¡Claro que lo entiendo! Entiendo que van a atacar al planeta. Que son extraterrestres y que son más poderosos que nosotros.

El semblante del Secretario se ensombreció.

—¿Cómo lo sabes? ¡Revélame tus fuentes!

—Suélteme, ya no aguanto, por favor. Y le juro que le digo todo.

—¡Ah, ya se nos apareció el negociador! —dijo burlón el Secretario—. Creo que nos podemos llegar a entender.

—¡Déjeme ir!

—Me temo que no puedo hacer eso. Por lo menos en las siguientes... —el secretario revisó su reloj— cuarenta y ocho horas.

—¿Pero por qué? —protestó Toño—. Nos tienen que dejar ir, oiga, esto es ilegal.

El Secretario sonrió.

—¿Ilegal? En este país, seguramente. En este mundo, quizás. Pero no estás pensando a lo grande, Antonio.

En ese momento, el Secretario apretó un botón debajo de su escritorio, que desapareció en el suelo para dar lugar a un mapamundi enorme.

—Mira, Antonio —continuó el Secretario—, tienes la fortuna de ser testigo del inicio de una nueva era. Cuando a mí me contactaron para ser embajador activo, tampoco lo creí. Pero cuando me prometieron ser viceemperador de Latinoamérica, supe que hablaban en serio. Entonces me hice uno de ellos. Sí, dolió mucho, Antonio. Me abrieron la nuca y la espalda para sacarme muchos nervios para que no me doliera más. Después me inyectaron chips diminutos. Sentía cómo se apoderaban de mi sangre, de mis entrañas, hasta de mi cabello. Pero después comencé a mirar como ellos miran, a oler como ellos huelen, a pensar como uno de ellos. Por eso puedo decirte que este plan es inevitable, invencible y definitivo.

Toño oyó con miedo las palabras del Secretario. Sintió en sus manos amarradas cómo su pulso aumentaba. Una gota de sudor frío le recorrió primero la nuca, después la espalda. Quizás era miedo o quizás era la luz del candelabro que a pesar de ser menos molesta que antes, aún provocaba mucho calor.

—Ya contacté a los viceemperadores de China, el Congo, Europa Oriental y Chiconcuac. Sólo faltan unos cuantos lugares, y podremos iniciar la etapa final.

—No entiendo, señor —contestó Toño.

La verdad, sí entendía un poco más, pero quería ganar tiempo para ver si el Benito Juárez del retrato reaccionaba. Nada todavía. O para intentar aflojar la cuerda que lo amarraba. Tampoco nada.

—No te pido que entiendas, sólo que escuches... Y que me digas tus fuentes.

—Yo no le voy a decir nada, suélteme. O por lo menos libere a mis amigos. ¿Dónde están?

—Cállate, niño —ordenó el hombre—. No sabes con quién te estás metiendo. Son... somos seres extraterrestres, Antonio. Y en cincuenta horas comenzará el ataque mundial.

—¿Cuál ataque? —Toño se estremeció. Sentía la espalda empapada de sudor y apenas podía controlar el temblor en sus manos.

El zumbido de un teléfono rojo y antiguo interrumpió la conversación.

—¿Sí? —contestó el Secretario—. ¿Qué pasó, Archundia? ¿En serio? ¡Archundia, contrólelos! ¡Sí, claro que le doy permiso de usar la fuerza! ¡Carajo, estoy ocupado!

El Secretario colgó el teléfono con fuerza.

—Qué lata dan tus amigos. Se la pasan gritando y pataleando, están distrayendo al personal. Después de todo, esto es un edificio de oficinas. Ya ordené que los pusieran en paz.

—¡No, déjelos! —gritó Toño, queriendo soltarse con todas sus fuerzas.

El Secretario se rió.

—¿Quién te dijo de nosotros?

—¡Suélteme!

La risa se volvió carcajada.

—Antonio, estás perdido. ¿Qué no ves que ya ganamos? —Con una sonrisa exagerada, el Secretario se agachó para quedar frente a frente con Toño —. ¿Qué no ves... —con su mano derecha le tapó la boca a Toño y, con la izquierda, se escarbó detrás de su cabeza— que ya estamos dominando el mundo?

Ante los ojos bien abiertos de Toño, el Secretario sacó una piedra amarilla, casi brillante, de la parte trasera de su cabeza, y luego se la volvió a insertar en la nuca.

Toño vio cómo el cuadro de Benito Juárez detrás del Secretario se empezó a balancear en la pared.

—Me vas a decir quién te dijo de nosotros o te intervengo aquí mismo —le advirtió el Secretario, todavía muy cerca de él. Sus manos enormes apretaron el cuello de Toño, quien se sacudió al sentir que no podía respirar.

El cuadro tomó impulso y golpeó con uno de sus bordes la cadena del candelabro que colgaba sobre ellos.

La cadena se rompió y la pesada lámpara cayó sobre la cabeza del Secretario, quien exclamó un «¡Ah!» ahogado y cayó inconsciente sobre Toño.

—¡Don Benito! —gritó el niño.

—¡Silencio, Antonio! —murmuró Benito Juárez. Se veía severo, desde la pintura, parado junto a un escritorio muy parecido al de la oficina—. Detrás de la puerta hay varias personas.

—¿Cómo sabe? —preguntó Toño, en voz baja y muy incómodo por el peso del Secretario y el candelabro sobre él.

—Esta es una oficina de gobierno y hay pinturas mías hasta en los sanitarios. Pero eso no es importante. Tienes que ayudar a tus amigos a escapar.

—¿Sabe dónde están?

—Sí, están en el tercer piso. Tú estás en el primero. Te voy a guiar. Primero, libérate de tus ataduras.

—¿Cómo?

—¿No sabes de nudos? —Más que sorprendido, don Benito se oía apurado, así que no reprendió a Toño—. Bueno, veamos. Ubica el cabo suelto. ¿Listo?

—Listo.

—Agárralo con tu índice y velo recorriendo por la parte más floja. Puedes destensar un poco más si lo agitas.

—¿Cómo sabe?

—Aprendí muchos trucos de mi Ministro de Hacienda, Guillermo Prieto, cuando estuvimos presos en Guadalajara... Niño, eso no importa.

—Tiene razón. ¡Listo!

Toño se había liberado con relativa facilidad. Se arrastró trabajosamente para liberarse del abrazo dormido del Secretario. Como travesura, le amarró las agujetas de sus zapatos.

—¡Después tendrás tiempo de jugarles bromas a tus enemigos, Antonio! —reprendió Juárez—. Tienes que subir un piso por la ventana. En el piso de arriba hay un pasillo que lleva a las escaleras y tus amigos están encerrados en el ala derecha del tercer piso.

—¿Quiere que me salga por la ventana? ¿Los hombres eran de hule en sus tiempos? —Toño se asomó afuera. No estaba tan alto, pero subir un piso le daba cierto miedo.

—Ay... —el Secretario estaba recuperándose del golpe.

—¡Apresúrate, Antonio! —dijo don Benito—. Te estaré esperando en el pasillo.

A Toño no le quedó más remedio que abrir la ventana y escalar los bordes de los ladrillos. Uno a uno, alcanzó la ventana del segundo piso. Con esfuerzo se aventó hacia adentro y buscó la voz de Benito Juárez. Gracias a la alfombra gris y polvosa, y a la actividad de cientos de burócratas en ese piso, sus pasos casi no se oían.

—¡Por acá! —escuchó al final del pasillo—. Los que están vigilando a tus amigos ya fueron abajo a ver por qué nuestro enemigo no contesta el artilugio de oír. Tienes tres minutos.

Toño se apresuró por las escaleras y luego hacia el ala derecha. Había un escritorio vacío, con un cigarro aún encendido, delante de una puerta cerrada. Encontró la llave entre los objetos de los cajones. Abrió la puerta y vio a sus amigos amarrados de pies y manos, y con papel periódico hecho bolas en sus bocas.

—¡Ya vienen para acá! —advirtió el retrato de Benito Juárez que estaba en ese cuarto—. ¡Desátalos como te enseñé!

Pero, en vez de eso, Toño regresó a los cajones del escritorio de la entrada, sacó unas tijeras y cortó con facilidad todas las cuerdas.

—¡Toño! —gritaron felices Nacho y Margarita después de quitarse el papel periódico. Los tres se abrazaron. Nacho se soltó después de unos segundos, pero Toño y Margarita prolongaron su abrazo un poquito más.

—¿Qué hacemos? —preguntó Nacho.

En ese momento Toño notó que su amigo tenía un moretón en la sien izquierda. Antes de que preguntara, Nacho dijo:

—Luego te cuento. Hay que largarnos de aquí.

Y jaló la alarma contra incendios; Toño adivinó que seguramente la había visto durante el rato en el que estuvieron amarrados en esa habitación.

El caos se escuchó inmediatamente. Señoras gritando, señores gordos rodando por las escaleras y papeles volando por todo el edificio.

—Pregúntale a don Benito que qué hacemos —pidió Margarita a Toño.

—Dile a la damita que estoy pensando en una solución —contestó don Benito, muy formal. Después de unos segundos de suspenso, dijo:

—Se me ocurre algo. Antonio, ¿creen que puedan llegar a Palacio Nacional?

—¿Santos?

—Sí, Benito. Aquí estoy.

—Está ocurriendo lo que pensaba. Estoy... recuperando poderes.

—¿Ah, sí?

—Sí. Pude controlar mis apariciones a lo largo de todo el edificio de la Aduana, que ahora son unas oficinas muy feas.

—¿Y los niños?

—¡Los salvé! Gracias a mí, están seguros. Tenemos menos de dos días para detener todo este asunto. Por ahora los dejé descansando en mis oficinas, antes de comenzar la contraofensiva.

—¿Tus oficinas? No me digas que los niños están en Palacio Nacional.

—¡Pues dónde más iban a quedarse, si todos los andan buscando! Además, a eso me refería también con mis poderes, Santos. A que en esas oficinas logré hacerlos invisibles. Como esos aposentos son algo tan mío...

—Sí, bueno... ahí fue donde... donde tú...

—Puedes decirlo, Santos. Donde morí.

—Así es. Supongo que tienes más control en ese lugar.

—Pero quiero seguir averiguando dónde más tengo ese poder. O quizás tenga otros poderes. Yo digo que la patria me está tan agradecida que su voluntad es la que me da ese poder. Es lo que siempre he dicho, Santos. El poder está en el pueblo.

—Benito... suenas un poco... exagerado.

—¡Qué va! Ya verás que con mis renovadas fuerzas, los invasores volverán por donde vinieron. ¡Entre los hombres, entre las naciones, y entre las galaxias...!

—¡Basta!

7. EXHIBICIÓN PERMANENTE

—TENGO HAMBRE —susurró uno.

—Yo también —murmuró el otro.

Toño y Nacho estaban acostados en el piso de una habitación antigua, llena de muebles del siglo diecinueve: al fondo, un ropero con un veliz estorboso hasta arriba, un costurero de madera oscura y con muchos adornos, y tres sillas incómodas. Margarita dormía sobre una cama de latón que soltaba un ligero rechinido cada vez que se movía. El cuarto estaba dividido en dos por un barandal de fierro y madera. Detrás de él había cuadros, cédulas y vitrinas con medallas y recortes de periódicos viejos.

—Cuando se despierte tu novia ya desayunamos, ¿no?

A través de las pesadas cortinas de la habitación, el día clareaba.

—Espérate a que duerma un poquito más. Y no es mi novia —respondió Toño.

—Bueno, pero después ¿qué?

—¡No sé, don Benito me dijo que nos esperáramos aquí, que no nos saltáramos el barandal!

—¡Pero no hay nadie! —Nacho sonaba impaciente—. ¡Y ni siquiera hay cámaras!

—¿Mamá? —Margarita saltó repentinamente de su sueño y se incorporó en la cama.

—¡Ya la despertaste! —reclamó Toño, todavía susurrando—. Perdón, Maryi —le había copiado ese apodo al papá de Margarita—, pero queremos desayunar.

Margarita vio a su alrededor, se talló los ojos y volvió a echar una mirada.

—Ah... ya sé dónde estamos.

Ante la mirada furtiva de Antonio, Margarita se estiró, se hizo una cola de caballo en la cabeza y se levantó de la cama.

—Tengo que ir al baño.

—Yo quiero comer —repitió Nacho.

—Pero es que don Benito dijo...

—¡Ya sabemos! —exclamó Nacho—, y te vamos a ayudar, pero necesitamos baño y comida. Yo acompaño a Margarita a buscar el baño, te juro que tendremos cuidado.

Margarita no dijo nada. Sólo quería ir al baño.

—¿Puedo proponer otra cosa? —preguntó Toño, levantando un recipiente de porcelana del piso—. Mira, Margarita, en la antigüedad, nuestros antepasados usaban una bacinica para...

—¡Qué te pasa! —Margarita ya estaba saltando el barandal junto a Nacho—. ¿No vienes?

—No, los espero.

Nacho y Margarita salieron calladamente de la habitación. Toño aprovechó para echar un vistazo más minucioso al lugar. La duela tronaba bajo las alfombras raídas. Entre las dos ventanas por las que cada vez se filtraba más ruido de automóviles y vendedores ambulantes, había un cuadro colgado. Era, seguramente, de la esposa de Juárez.

No sonreía. Toño pensó que tal vez en esos tiempos no se acostumbraba sonreír en los retratos.

Del otro lado del barandal, Toño leyó una inscripción en piedra:

EN ESTA HABITACIÓN MURIÓ EL PRESIDENTE
BENITO JUÁREZ
EL 18 DE JULIO DE 1872
A LAS ONCE Y MEDIA DE LA NOCHE

«Qué fuerte», pensó Toño. Don Benito había permitido que unos niños como ellos durmieran en la misma habitación donde él había muerto más de un siglo atrás. Imaginó a la gente reunida alrededor de esa cama, a las once y media de la noche. Señores y señoras tristes, mirando el cuerpo tibio del presidente.

—¡Antonio! —exclamó una voz llena de eco. Toño volteó a todos lados para ver de dónde venía—. ¡Te di instrucciones precisas de no abandonar este recinto! —la voz parecía surgir de las cuatro paredes de la habitación, como del interior de una cueva.

—Perdón, don Benito —se disculpó Antonio—, es que mis amigos querían ir al baño.

—¡Ah, el sanitario! —don Benito se escuchaba sorprendido—. Tienes toda la razón, Antonio. Tanto tiempo fuera de un cuerpo me ha hecho olvidar los procesos naturales. Adivino que una bacinica no era suficiente para los tres. Además, supongo que tienen hambre también.

—¡Sí, mucha! —exclamó Toño.

—Antonio, si abres la puerta de ese ropero, verás una grata sorpresa.

Toño abrió las puertas del mueble viejo y encontró una serie de platos rebosantes de comida.

—Los cubiertos están en el cajón de hasta arriba —dijo don Benito, con un tono que a Toño le pareció un poco presumido—. Son de plata nacional.

—¿Cómo le hizo? —preguntó Toño.

—Mira, Antonio. Desde que iniciamos nuestro contacto, he estado adquiriendo más poder, más control sobre actos y pensamientos.

—Como lo del cuadro en la Secretaría —dijo Toño.

—Exactamente. Y, también, como lo de esta habitación. Es muy importante que tú y tus amigos permanezcan en esta habitación, pues sólo detrás del barandal puedo mantenerlos invisibles. Y no sé qué pasará en un futu…—la voz de don Benito se interrumpió de repente.

—¿Don Benito? —Toño buscó la voz.

—¡Margarita! —exclamó la habitación entera—. ¡Amor de mi vida!

Un hilo de lo que parecía agua comenzó a correr desde el techo hasta rodear el quicio de una de las ventanas de la pared.

—¿Se llama Margarita? —preguntó Toño—. Entonces es tocaya de…

Pero el hilo de lágrimas en la pared se volvió más caudaloso y Toño creyó que podría darle un momento de privacidad al Benemérito de las Américas.

—¡Qué hermosa estás! ¡No te recordaba así de hermosa! —La voz parecía reverberar muy adentro de sí—. ¡La congoja es tanta, y tan pesada la nostalgia!

El hilito de agua cesó paulatinamente hasta que volvió a reinar el silencio en la habitación.

—Ofrezco una disculpa, Antonio. Mi mujer y yo compartimos un lazo muy estrecho. Pasaron meses en los que no nos veíamos, y nos encontrábamos a miles de kilómetros de distancia. Su muerte aniquiló mi ánimo.

En circunstancias normales, Toño habría dado al doliente un par de palmaditas en la espalda. Pero ahí no había espalda... y el doliente también estaba muerto.

—Lo siento mucho... —fue lo que aventuró a decir—, parece que fue un amor muy... muy especial.

—Lo fue, Antonio —don Benito sonaba más tranquilo—. ¿Sabes? Sin ella, yo no hubiera sido el que fui. Su compañía en los momentos de azoro fue un acicate para mi voluntad. Y nuestras cartas... nuestras cartas son lo más importante que escribí, junto con las Leyes de Reforma.

—¡Guau! —exclamó Toño—. Yo quisiera un amor así.

—No te preocupes por eso, Antonio. Yo me casé a los treinta y siete años. Sé paciente, y sobre todo, sé sincero y valiente. A Margarita le encantará.

—¿A cuál de las dos Margaritas? —preguntó Toño, confundido, pero no pudo escuchar la respuesta.

—¡Comida! —gritó Nacho. Él y Margarita saltaron el barandal y tomaron los platos.

—¿Qué es? —preguntó ella, oliendo un plato hondo humeante.

—¿Don Benito? —Toño alzó la cabeza para saber si su interlocutor estaba listo para contestar—. Ah, gracias. Dice don Benito que fue la última comida que probó antes de morir.

—¿Qué es? —insistió Nacho.

—Sopa de arroz, caldo de tallarín a la pimienta, clavo, canela y azafrán, cuete de res en salsa de chile piquín con almendra, y frijoles.

—Esto es una comida —protestó Margarita—. Son las siete de la mañana, no se me antoja una salsa de shile piquín.

Nadie le contestó. Nacho y Toño ya estaban comiendo.

—Esto está delicioso —dijo Toño. Y era verdad: todos los platillos tenían un sabor muy intenso. Los frijoles estaban cremosos y tenían un toque de epazote. El arroz tenía un color rojo que brillaba, y el chile piquín no era picoso sino más bien ligeramente ácido.

—Bueno, ¿qué hay de tomar? —preguntó Margarita, resignada, al tiempo que se preparaba un taco de frijoles.

—Jerez seco, vino de burdeos, pulque y rompope.

—¡Se van a emborrashar!

—¿Pues cómo nos bajamos la comida? —preguntó Nacho bebiendo directo de la botella de jerez, pero escupiendo el contenido inmediatamente después—. ¡Guácala! Esto sabe horrible.

Nacho probó el vino de burdeos y le pareció muy amargo y la consistencia del pulque le provocó mucho asco.

—Ni modo —le dijo Toño—. Rompope para todos.

Después de desayunar, los tres niños se veían recompuestos y un poco impacientes por salir.

—Ya se te está bajando el moretón —le dijo Margarita a Nacho.

—Sí, valió la pena —contestó él, orgulloso.

—¿Te pegaron muy duro? —preguntó Toño.

—Sí, pero nos dijeron todo.

—¿Todo?

—To-do —respondió Margarita, sonriente. —Nada más por presumir, te diré que esharon toda la sopa.

—Pues cuéntenme, yo ya les conté lo que me dijo el Secretario.

—Eso también nos lo dijeron —Margarita se acomodó como pudo en una de las sillas incómodas y comenzó a platicar:

—Lo que no te contó el Secretario fue que los extraterrestres ya tienen musho tiempo acá. Después de estudiarnos por un tiempo, decidieron negociar con gente poderosa: les ofrecieron puestos enormes como ser reyes, duques o condes para que cooperaran con la conquista.

»Aquí negociaron con el Secretario. Él mandó hacer unos como cascos multimedia para todos los estudiantes del país. Según esto, es un súper avance tecnológico, pero la verdad es que los cascos van a convertirnos a nosotros, los niños, en un ejército para ellos.

»Ya hicieron todos los cascos, son millones y millones. Iban a empezar a repartirlos en cuarenta y osho horas.

—Menos las ocho que llevamos, faltan cuarenta, pasado mañana, lunes, ya van a estar en las escuelas —continuó Nacho.

—¿Y cómo se supone que les vamos a ganar? —preguntó Toño.

—Sabe —contestó Margarita—. Lo único que sabemos es que el Secretario saldrá de gira a varios estados para supervisar los últimos detalles. Pero nada más.

Los tres niños se miraron entre sí, sin saber qué proponer para la resistencia. De pronto, escucharon una puerta que rechinaba a lo lejos y unos pasos que se acercaban. Los tres se pusieron en estado de alerta.

—Shhh —ordenó Toño.

Un guardia uniformado caminaba desanimadamente hacia ellos. Debajo de su gorra sobresalía un mechón de canas. En sus manos tenía un montón de llaves. Se tallaba los ojos con pachorra y cuando llegó hasta el barandal ya iba en el tercer bostezo.

—Parece que no nos ve —susurró Toño.

El guardia revisó la habitación rutinariamente, alzó las pobladas cejas y se fue lentamente. Cuando los pasos se perdieron a lo lejos, los tres niños suspiraron.

—Tengo una idea —dijo Nacho—. Esto de que podemos ser invisibles, ¿por qué pasa?

—Aquí fue donde murió don Benito —contestó To-ño—. Supongo que él, como espíritu o alma o lo que sea que es ahora, tiene mucho poder aquí.

—Bueno, pero ¿qué tal si también tiene esos poderes en otros lugares? En lugares que también digan «Benito Juárez».

—¿Cómo? —preguntó Margarita—. ¿O sea, como si nos pudiera hacer invisibles también en una calle que se llame Juárez, o en toda Ciudad Juárez?

—Pues algo así.

Nacho y Margarita miraron a Toño, para que este le preguntara a la habitación si consideraba esa posibilidad.

—¿Don Benito? —preguntó—. ¿Escuchó?

—Sí, Antonio. Estoy pensando. Sí, cada vez me siento más firme y con más poderes en este mundo. Creo que podemos intentarlo.

—Dice que es posible —les dijo Toño a sus amigos—. Pero ¿a dónde iríamos primero?

—Podemos ir a todas las escuelas que se llamen Benito Juárez —propuso Nacho—. Aprovechar nuestra invisibilidad, encontrar los cascos y destruirlos.

—No, tardaríamos musho —repuso Margarita—. Mejor vamos a todos los lugares más grandes, por ejemplo la delegación Benito Juárez.

—O a Oaxaca —Toño continuó la idea de Margarita—, que se llama Oaxaca de Juárez.

—¡Sí! —contestaron ellos, entusiasmados.

—Antonio —interrumpió la voz de la habitación—, lo que dices no tiene sentido. ¿No conoces el lugar donde nací?

—No... —contestó Toño.

—Es un paisaje encrespado, un sinnúmero de sierras replegándose una a otra. Y entre cañada y cañada, detrás del cerro más lejano, o en medio del bosque más virgen, hay un pequeño poblado. ¿Tú crees que conseguirás llegar a todos ellos en menos de dos días?

Toño comunicó ese argumento a sus amigos, y los tres se volvieron a quedar callados.

—¡Pues ya! —exclamó Nacho—. ¡Ya no hay tiempo, perdimos! ¡Ya vámonos a nuestras casas!

—Nacho, si no les ganamos, ya no va a haber casa —Toño intentó calmar a sus amigos—. Tranquilos, seguramente podemos hacer algo.

Nacho suspiró, miró a su alrededor y se sentó en una de las sillas incómodas.

—Es que no se nos ocurre nada.

Las risas y gritos de varios niños comenzaron a llenar el silencio. Los tres amigos guardaron silencio, sentados en las sillas incómodas, y esperaron quietos a que el grupo de niños pasara por ahí.

—¡Oooooh! —exclamaban los pequeños cuando veían la inscripción en piedra que Toño había leído minutos atrás.

—¡A mí me pusieron Benito por ese señor! —presumió uno.

—¡Pues estás igual de feo! —se burló otro—. ¡Míralo!

—¡No está feo! —dijeron al mismo tiempo Toño, Nacho y Margarita. Pero no los oyeron, y continuaron con su escándalo, apaciguado de vez en cuando por una maestra muy obesa.

—Niños, ya, apúrense para que vayamos a lo más importante: los salones de Palacio Nacional.

Nacho comenzó a aplaudir con fuerza.

—¿Qué te pasa? —preguntó Toño.

—Quiero sacarle el marciano a esa gorda pelada —contestó Nacho, pero al parecer sus aplausos no se escucharon ni provocaron lo que él quería.

Toño se fijó en la mochila de uno de esos niños. Tenía la forma de Darth Vader, el personaje oscuro de las películas de *La guerra de las galaxias*, y en uno de sus costados estaba dibujada la Estrella de la Muerte. Toño vio pasar la mochila de un lado para otro de la habitación y se acordó de las películas, los héroes, los villanos, las batallas en el espacio...

—¡Ya sé! —gritó.

—¡Shhh, espérate! —le dijo Margarita. Toño estaba seguro de que nadie los oía, pero aun así esperó a que el grupo abandonara la habitación.

—Esos cascos seguramente se controlan desde algún lado, ¿no? Podemos buscar esa... «torre de control» y destruirla.

—¿Y cómo la encontramos? —preguntó Nacho.

—¡Pues ahora sí, como ustedes dijeron! Averiguamos en internet dónde va a estar el Secretario, y si es en Oaxaca o en Ciudad Juárez o en alguna escuela que se llame Benito Juárez, pues ahí nos pegamos a él y en algún momento dirá dónde está.

Nacho y Margarita se vieron entre sí y luego a Toño; sonrieron y gritaron:

—¡Sí!

—¿Está de acuerdo, don Benito? —preguntó Toño a la habitación.

—¡Muy bien, Antonio! ¡Prepárense, no tenemos mucho tiempo! —contestó solemnemente el eco de las paredes.

—Dice que nos preparemos. Agarren sus cosas, acomoden los muebles.

En pocos minutos los tres niños estuvieron listos. Toño reunió los trastes y cubiertos del desayuno y los guardó en el armario. Antes de cerrarlo, vio en el interior de una de las puertas algo que no había notado. Era un pequeño dibujo tallado. Toño se acercó para verlo con más detenimiento: un compás abierto arriba y una escuadra recta abajo formaban una especie de rombo.

—Toño, apúrate —dijo Margarita—. Tenemos que encontrar una computadora o un celular o algo para ver a dónde ir.

—Sí, perdón —contestó Toño, y cerró el armario.

—Ahí viene otro grupo de niños —dijo Nacho—. Hay que mezclarnos entre ellos y nos vemos a la salida, ¿va?

—¡Va! —contestaron los otros dos.

Cuando el segundo grupo de niños llegó a la habitación, Toño miró a Margarita, la niña que cada minuto le gustaba más, y miró después a la otra Margarita, la esposa de don Benito Juárez, en el cuadro entre las dos ventanas.

—Cuida a tu tocaya, por favor —le pidió a la mujer del cuadro, y saltó el barandal.

8. AEROPUERTO

—OYE AMIGO, DISCULPA, pero es que vengo de Shihuahua y necesito mandar un mensaje a mis papás —Margarita usó la voz más dulce y encantadora de su repertorio—. No es carrilla, lo juro. ¿Me prestas tantito tu celular? No me tardo nada, ¿sí?

El chico adolescente, delgado y distraído, no pudo responder que no. Desconectó los audífonos de su celular y se lo dio en la mano. Toño y Nacho veían todo desde el lado opuesto de la concurrida calle de Moneda, a un costado de Palacio Nacional.

—¿Crees que se acuerde de todo lo que tiene que buscar? —preguntó Nacho.

—Claro que sí, ¡qué te pasa! —respondió ofendido Toño—. Desde lejos veían cómo Margarita recorría con gran habilidad la pantalla táctil del teléfono.

«Que se apure, que se apure», pensaba Toño, recordando su foto en la pantalla de televisión con la leyenda de «SE BUSCA», así como su rapidísimo secuestro. Comenzó a mirar hacia ambos lados de la calle para cerciorarse de que no llegara una camioneta negra a capturarlos de nuevo.

—Mira lo que tomé prestado de la casa —Nacho sacó un sello postal con un retrato de Benito Juárez.

—¡Nacho! ¿Te lo robaste?

—¡No! —contestó, ofendido—. ¡Lo tomé pres-ta-do! Para que te puedas comunicar más fácil con él.

—Bueno... eso sí —admitió Toño. La idea de buscar un billete, otra monografía o alguna estatua del Benemérito a estas alturas le resultaba peligroso y una pérdida de valioso tiempo—. Pero luego lo devolvemos, ¿eh?

—Sí, sí... ¡Ya! —Nacho le dio el sello. Toño lo miró: debajo de la cabeza de perfil del Benemérito, estaban dibujados también el compás y la escuadra que había visto anteriormente. Toño no dijo nada y Nacho se guardó el sello en el pantalón. Alzó la vista y alcanzó a ver a Margarita devolviéndole el teléfono al adolescente. Le dio las gracias y caminó hacia ellos.

—¿Qué averiguaste? —preguntó Nacho—. ¿A dónde vamos?

Margarita se veía emocionada; aun así empujó a sus amigos hacia la entrada de una vecindad para que nadie los escuchara.

—Tenemos una sola oportunidad, pero muy buena —comenzó—. El secretario sale hoy a mediodía de gira con todo su equipo. Viajarán el fin de semana, no sé a dónde, pero el lunes en la mañana van a iniciar lo de los cascos, en una ceremonia con el Presidente y toda la cosa.

—Bueno, entonces ¿a dónde tenemos que ir?

—Al hangar presidencial, que está en el aeropuerto.

Nacho y Toño abrieron la boca y los ojos con estupor.

—¿Esa es nuestra oportunidad? —Toño sonaba casi burlón—. ¿Quieres que entremos así nada más al hangar presidencial?

Margarita se veía segura de su respuesta.

—Claro que sí. ¿No sabes cómo se llama el aeropuerto?

—Aeropuerto Internacional Benito Juárez —contestó Nacho. Su cara ya no era de asombro sino de seriedad y tristeza.

—¡Exacto! —contestó Margarita, sonriente—. Hay que decirle a don Benito que nos haga invisibles ahí.

—Ah, sí... este... ¡Muy bien, gracias, Maryi! —contestó Toño, quien recibió la buena noticia a medias, preocupado por Nacho.

—¿Qué pasa? —Margarita se veía un poco desilusionada de la reacción de sus amigos.

—Nada, nada —se apresuró a decir Toño.

—Oigan, no es justo que me escondan cosas, shamacos —protestó ella—. Yo les conté ayer en el metro sobre mi mamá, y les enseñé mi cuarto secreto. ¡No es justo, shihuahua...!

—Sí, pero es que...

—Tiene razón —interrumpió Nacho. Tomó un largo respiro, miró a sus amigos y dijo—: Mis papás murieron en un accidente de avión.

Margarita no pudo esconder la sorpresa en su rostro.

—¡Ay! ¡Nasho, no sabía! —exclamó con la voz quebrada, y lo abrazó con fuerza.

—Está bien, de veras —Nacho la intentó calmar. Él mismo se veía sereno y con una ligera sonrisa. Le dio unas palmaditas en la espalda a Margarita, y cuando la mirada tensa de Toño le hizo ver que el abrazo ya había durado demasiado, se retiró con suavidad.

—¡No sabía, perdóname! —repitió Margarita—. ¡Sé lo que se siente, es horrible!

—Sí, lo es. Pero la verdad, fue hace tanto que casi no lo recuerdo. Iban a Estados Unidos muy seguido y me dejaban con mi abuela varios días al mes. Pero esa vez ya no volvieron.

—Te oyes muy tranquilo —comentó Margarita, secándose las lágrimas—. A mí no me hablen de mi mamá porque luego luego empiezo a shillar.

—Va a pasar, te lo prometo —le dijo Nacho—. Ya puedo hasta bromear con eso. Me gusta decir que soy como Batman.

—¿Por?

—Pues porque a él también se le murieron sus papás.

—Ah... —A Margarita no le hizo mucha gracia el chiste. A Toño tampoco, sobre todo porque no sabía cómo involucrarse en la conversación.

—El año pasado... estábamos en la selección de básquet, e íbamos a ir a un torneo en Chiapas... pero Nacho... no quiso ir.

—Sí... Lo único malo que me quedó de mis papás es que no soporto ver aviones de cerquita, me da mucho nervio. A veces hasta en las pelis tengo que cerrar los ojos.

Margarita sonrió, tomó las manos de Nacho y de Toño, y dijo:

—Ahora estás con amigos, Nasho. Para eso estamos aquí. Para ayudarnos. Va a ser muy difícil, pero vamos a poder hacerlo juntos.

Su entusiasmo contagió a Nacho e hizo que Toño despegara los pies de la acera unos cuantos centímetros.

—Bueno, pues vamos —propuso Nacho, sacándose el sello del pantalón y ofreciéndoselo a Toño.

Pero antes de que Toño pudiera tomarlo, y antes de que Nacho dejara de mostrarle a Margarita la sonrisa que tenía preparada para cuando algún adulto lo tratara como un huérfano desvalido, y antes de que Margarita dejara de sentir ganas de abrazar a su amigo, sus cuerpos comenzaron a temblar.

—¿Qué pas-s-s-s-sa? —preguntó Nacho— ¿Est-t-t-tá tem-b-b-b-blando?

—N-n-n-no cr-r-r-r-r-reo —intentó contestar Toño. Su cuerpo no respondía, temblaba cada vez con más violencia.

—¡Q-q-q-q-q-que ya se pare! —exclamó Margarita. Los tres niños brincaban en una especie de trance africano, y tanta temblorina movía cada músculo de sus cuerpos. Dos o tres peatones que pasaban les lanzaron monedas pensando que el temblor era un espectáculo.

—¡Ya-a-a-a-a-a! —gritó Nacho, y con ese grito, los tres desaparecieron en medio de un estruendoso *¡POP!* que no sorprendió a nadie en la calle transitada.

Toño gritaba lo más fuerte que podía, pero el tobogán de luces y viento no permitía siquiera que él mismo se escuchara. Su ropa se agitaba, su cabello se revolvía con fuerza y sentía un hormigueo en sus mejillas. Pero lo que más lo asustaba era la sensación de no saber dónde estaba el arriba y dónde el abajo, como si cayera para arriba pero también fuera parte de un río caudaloso de aire.

Y cuando sintió que el vértigo se le salía por la boca, apareció de pie, enfrente de sus dos amigos, en la sala de espera internacional de la Terminal 2 del Aeropuerto.

—¡Santos! ¡Despierta!

—¿Eh?

—¡Despierta, te digo!

—Oye, Benito, no creo que… que me merezca un grito así de tu parte…

—¡Aquí el que manda soy yo! ¡Despierta, que te quiero contar algo! ¡Y para ti soy *don* Benito!

—No… la verdad, no. Hemos estado aquí durante años, nos conocemos muy bien, para que ahora salgas con que quieres que te hable de «don» y que me puedas gritar.

—¡Ya pude, Santos! ¡Ya pude!

—¿Ya pudiste qué?

—Los teletransporté. A los tres, no nada más a Antonio.

—¿De dónde a dónde?

—De Palacio Nacional a un lugar donde despegan y aterrizan esas cosas de metal.

—Ah, sí. Mmmmh… eso es en la misma ciudad. No ha sido tan lejos.

—¡Me siento cada vez más poderoso, Santos! Estoy casi seguro de que pronto tendré la fortaleza para regresar por completo, en carne y hueso, al país que nunca debí dejar.

—Benito, por favor…

—¡*Don* Benito!

—Ay, ¡cuánta vanidad!

—No se trata de eso.

—Claro que sí. Siempre se ha tratado de eso. De tu enorme, inabarcable, inagotable, avasalladora vanidad.

¿Nunca vas a dejar de pensar que tu país puede sobrevivir sin ti?

—No están listos... Una invasión extraterrestre...

—¡Lo que sea! Es imperativo que te detengas, Benito. Mírate, escúchate. El poder que has estado adquiriendo te está cambiando.

—¡Lo que pasa es que tienes envidia! ¡Tú eres un lastre para la historia del país! Y no soportas que yo, un indio... ¡Eso es lo que pasa! ¡Te avergüenza que un indio como yo rija más destinos que el propio!

—Benito, por favor, piensa lo que estás diciendo. Yo fui un incondicional tuyo. Te estás comenzando a enceguecer.

—Más bien: estoy abriendo los ojos. ¡Era tan evidente! ¡No me volverás a ver! ¡Adiós, *vale ad aeternam*!

—¿Benito? ¡Benito, estás cometiendo el error de tu vida... y de tu muerte!

—Shhh... silencio... —a pesar de la sorpresa y del viaje tan accidentado, Toño identificó los aviones en los ventanales, las maletas en los pasillos y los diferentes idiomas que hablaba la gente sentada, así que le pareció prudente pedir a sus amigos que no hicieran ruido.

—¿Es el aeropuerto, verdad? Aquí llegamos de Juárez hace osho meses. Guau, don Benito sí que sabe usar sus influencias.

—Esto ESTÁ MAL —susurró Nacho. Toño lo miró: estaba pálido y respiraba agitadamente—, tengo que salir de aquí. Me voy de aquí, ¡Me voy de aquí!

Toño y Margarita lo alcanzaron a tomar de las manos antes de que corriera despavorido hacia la salida.

—No puedes irte, Nasho. Vamos a estar contigo.

Nacho se quería soltar, miraba fijamente hacia la salida. Toño lo tomó de los hombros. Sintió un temblor en él, pero no como el anterior. Era un temblor más humano, más tibio.

—¡Suéltame! —gritó Nacho. Ningún viajante en la sala volteó a ver qué pasaba pero Toño ni siquiera reparó en eso: estaba ocupado intentando no soltar a su amigo.

—Nacho, escúchame.

—¡Suéltame, YA! —en ese momento, la respiración agitada de Nacho comenzó a ser interrumpida por ligeros nudos en su garganta—. No sabes lo que se siente. No sabes del dolor, Toño. ¡Todos los días! Mamás y papás en todos lados: en la tele, a la salida de clases, en mis sueños...

¡Aquí se murieron! ¡Aquí dejé de ser un niño normal! ¡No sabes lo que se siente!

Toño recibió ese reclamo con sorpresa y dolor. De inmediato y en fragmentos de segundo, sintió un vértigo más fuerte del que había sentido cuando don Benito lo transportó de Palacio Nacional a donde estaba ahora. Era un vértigo oscuro, le hacía doblar las rodillas y le presionaba el corazón hacia abajo, o mejor dicho, hacia más adentro de él.

Su papá. Desapareció justo el día en el que Sebastián, el hermano de Toño, cumplía dos años. Su mamá poco a poco extravió la risa y se había vuelto esa señora gritona que a nadie caía bien. Toño nunca hablaba de la desaparición de su papá, ni siquiera con él mismo. Por eso, cuando Nacho le estaba reclamando que «no sabía lo que se sentía», lo mejor que Toño pudo hacer fue cerrar los ojos y esperar a que pasara su vértigo, respirar, y contestar, con todo el cariño que sentía hacia su amigo:

—Claro que lo sé, Nacho. Hemos sido amigos casi toda la vida. Cada vez que pasa un avión en el cielo, te veo ponerte nervioso e intento llamar la atención de todos para que no vean que casi lloras. Cuando te saliste en la película, ¿te acuerdas? En la escena del accidente. Todos nos dimos cuenta, pero yo comencé la pelea de palomitas. Y así te puedo contar muchas.

Segundo a segundo, Nacho recuperaba el color y el ritmo de su respiración. Margarita y Toño todavía lo tenían agarrado de los brazos, pero él fue poniendo cada vez menos resistencia.

—Tu dolor es también mío —continuó Toño—, porque somos amigos. Así como mis risas, mis secretos, mis traumas y a veces hasta mis calificaciones son tuyas también. ¿No ves que no estás solo? Aquí estamos nosotros.

A Toño también se le había quebrado la voz al final. Y Margarita también había soltado un par de lágrimas. Además, su mirada hacia Toño cambió casi imperceptiblemente.

—Está bien —dijo Nacho, mientras ellos lo soltaban poco a poco. Soltó un suspiro hondo y sonrió—, gracias. Ahora, ¿cómo le hacemos para llegar al hangar presidencial?

—Atención —la voz seria y casi robótica de una mujer se oyó en todas las bocinas del aeropuerto—, atención. Pasajero Antonio López y sus amigos, favor de escuchar con atención. Atención.

—¿Escucharon?

—¡Sí! —contestaron los dos.

—¿Cómo puede estar haciendo eso? —preguntó Margarita, asombrada—. Aunque esa voz es la de una mushasha microfonista, no la de Benito Juárez.

—Atención —continuó la voz—, atención. Antonio, en este lugar tú y tus amigos son invisibles, ya que el Aeropuerto Internacional Benito Juárez los protege con su inmenso poder. Todo aquí está al servicio del Benemérito de las Américas, incluso la voz de las microfonistas.

—¡Guau! —exclamaron los tres niños. Por estar tan ocupados tranquilizando a Nacho, ninguno se había dado cuenta de que, en efecto, en la sala de espera nadie los veía.

—Atención, atención. Antonio, el hombre que buscan está a la derecha de este edificio. Deben apurarse, está a punto de partir. Atención.

—¿Y cómo salimos hacia allá? —preguntó Toño.

—Atención, atención —contestó la voz en las bocinas—, el personal del aeropuerto les indicará cómo llegar. Por su atención, gracias.

—Somos invisibles en un aeropuerto internacional —dijo Nacho, entusiasmado—. Podríamos ir a cualquier parte del mundo sin que nadie se diera cuenta.

—Podría ir a Shihuahua, con mi familia —dijo Margarita, en voz baja, como si se lo estuviera proponiendo a ella misma.

—Atención, atención —dijo la voz en las bocinas, en un tono más serio que antes— les recordamos a Antonio y sus amigos que su condición de invisibilidad sólo rige dentro del aeropuerto. Una vez fuera de él, serán visibles para todos.

—Ya oyeron, ¡eh! —Toño regañó a sus amigos—. Venimos a cumplir con una misión, no a pasear por el mundo.

Toño creyó escuchar un «qué ñoño» escondido entre los labios de Nacho, pero no estuvo tan seguro como para reclamarle.

—Bueno, vamos, es para allá —dijo Margarita, señalando una pantalla de salidas y llegadas que, en lugar de horas y lugares, ahora mostraba el nombre ANTONIO con una enorme flecha que apuntaba hacia un pasillo.

—Ese Benito es *muy bueno* —comentó Nacho, con cara de aprobación.

Los tres niños corrieron hacia el pasillo, bajaron un par de escaleras, atravesaron una puerta de cristal y se encontraron, del otro lado, en la pista de despegue. Delante de ellos, una decena de aviones movía lentamente sus ruedas pequeñas hacia la zona de desembarque.

—¡Por ahí! —Los tres niños gritaron al ver a un hombre vestido de naranja, con lentes oscuros y utilizando las barras fosforescentes para señalar a otro hombre igual que él, que hacía lo mismo cien metros detrás.

—¡Vamos! —gritó Toño y corrió hacia donde señalaban las barras, seguido por Nacho y Margarita. Más adelante había tres hombres más con señales.

Los tres niños entraron a un cobertizo enorme, resguardado por varios guardaespaldas. Ninguno de ellos vio cómo los tres objetivos de la caza que había ordenado el Secretario de Educación pasaban frente a sus narices.

El Secretario estaba a punto de abordar un pequeño avión. Se había detenido a medio camino entre su limosina y la aeronave para afinar los últimos detalles de la ceremonia del lunes. Margarita y Toño se acomodaron enfrente de él y Nacho detrás.

—... Y no queremos que esos escuinclitos sigan por ahí. No toleraremos otro error por parte del equipo de seguridad, ¿entendido?

—Entendido, señor —contestaron en tono militar sus guardaespaldas.

—Y ahora quiero que... —el Secretario dejó de hablar repentinamente. Levantó la nariz y olisqueó el aire a su alrededor— quiero que... todos se vayan subiendo al avión. ¡Rápido!

Inmediatamente después de la orden, todo el equipo abordó el avión, excepto él, quien se quedó parado, mirando a su alrededor, como buscando algo.

—¿Qué hacemos? —le preguntó Margarita a Toño con las manos, pero Toño no sabía qué hacer. Nacho los llamó como pudo para decirles a señas que algo estaba ocurriendo en la nuca del secretario.

Toño y Margarita buscaron la espalda del hombre de traje, pero este se comenzó a mover de un lado para otro. Mientras tanto, las turbinas del avión sonaban cada vez más fuerte.

—Señor, ¿nos vamos? —preguntó uno de los guardaespaldas desde la escotilla.

—Váyanse ustedes, yo los alcanzo después —contestó el Secretario, sonriente, al pie del avión.

El guardaespaldas alzó las cejas, abrió la boca para decir algo pero no lo dijo, y cerró la escotilla.

El avión avanzó lentamente hacia la pista de despegue. Desde el hangar, el Secretario miraba a su transporte aéreo perderse entre la fila de aviones que esperaban despegar. Toño y Margarita luchaban por acercarse al lado de Nacho, quien con una cara de asco y sorpresa, intentaba explicar lo que pasaba en la nuca del hombre.

—¿Qué? ¡No te entendemos! —le decía Margarita, también con señas.

—Ya sé que están aquí —dijo el Secretario, con una voz ronca y enojada—. No los puedo ver... todavía, pero sé que están aquí. ¡Este fue su último error!

Los tres niños se quedaron petrificados con esas palabras. El Secretario se había dejado de mover pero seguía sonriendo.

—Antonio, no puedo más que aplaudir tu absoluta ingenuidad. Porque sólo eso me puede explicar que estén aquí. Seguro creen que pueden detenernos, con sus trucos baratos de magia y la ayuda de... no sé de quién, pero eso no importa.

Toño tomó de la mano a Margarita y le hizo la seña a Nacho de que fuera caminando hacia la salida del hangar. No se habían alejado ni cinco metros cuando el Secretario gritó:

—¡Ah, no! ¡No vas a escapar de nuevo, Antonio! ¿Quieres ver con quién estás peleando? ¡Pon atención!

Y la cabeza del Secretario se rebanó en cuatro como un plátano de cabello y piel. De lo que era su cuello comenzó a brotar algo familiar: una piedra plana, verdosa y brillante. Pero de la piedra salieron pequeños filamentos que pronto se hicieron más y más gruesos, y más abundantes.

Asco, mucho asco. Ojos abiertos. Los tres niños gritaron. Dejaron de gritar pero sus bocas seguían abiertas, inmóviles. El cuerpo del Secretario, que lucía blando, sin huesos y sin vida, yacía en el piso, rebanando en cuatro, mientras la bola verde de pelos seguía creciendo. Dos, tres metros de altura. El movimiento de los pelos producía un sonido baboso y agudo. Los niños estaban inmóviles. Toño no sabía si las fuerzas se le habían ido de la impresión o si una fuerza descomunal le impedía usar sus brazos y piernas.

—¿Ahora ves con quién te metiste, niñito idiota? —la voz ya no era la del Secretario: era una voz susurrada, como si los pelos roncaran cada palabra—. Vas a venir con nosotros y nos vas a decir to-do.

En un movimiento rápido, un mechón tomó la forma de un brazo y envolvió completamente a Nacho, quien no pudo decir nada.

—¡Nacho! —gritó Toño.

—¡Nasho! —gritó Margarita.

La bola soltó una carcajada.

—¡Así que tengo a tu amiguito! Pues vas a tener que venir por él. No te tardes...

Los quejidos de Nacho eran apenas perceptibles. Él se revolvía entre la bola de pelos. Se estrujó, se agitó y se restregó contra el monstruo. De su pantalón, el timbre con la imagen de Benito Juárez salió volando hasta los pies de Toño, quien lo ocultó disimuladamente debajo de él.

Con un pequeño impulso, la bola voló hacia el cielo en dirección al avión que había despegado hacía pocos segundos. A unos cien metros de altura, Nacho perdió el conocimiento.

Abajo, en el hangar presidencial, Toño y Margarita se vieron. No tenían palabras. Margarita comenzó a llorar, asustada. Toño quería decirle algo: calmarla, decirle que todo estaba bien. Pero ninguna palabra se formó en su mente. Apenas pudo abrazarla. Y, también, llorar.

9. FRONTERIZO

¡SANTOS ME TRAICIONÓ! ¿Cómo puede pensar que me estoy encegueciendo? ¡Si no he hecho otra cosa que hacerme cada vez más poderoso!

Y no ha sido gracias al destino o a una hipotética «fuerza mayor». ¡Ha sido por mi excelente trabajo para controlar mis visitas! El billete fue fácil. El mármol en la Alameda me hizo recordar viejos tiempos. Llegaron a mí aquellas largas caminatas con Margarita, antes de que ella se enfermara...

Volver en forma de habitación, en el palacio que alberga mi lecho de muerte, fue al principio muy extraño. No sabía dónde estaban mis ojos, ni mis pies ni nada. Poco a poco supe que no tenía por qué buscar partes humanas: era, después de todo, una casa. Aprendí la lección a tiempo para la siguiente misión: ser un «aeropuerto». A esos aparatos de metal los sentía como mosquitos revoloteándome alrededor...

—¡Don Benito! ¡Ayúdenos, lo necesitamos!

—¿Quién me habla? ¡Ah, Antonio! ¿Qué pasa, Antonio?

—¡Se llevaron a nuestro amigo!

—¿A dónde?

—¡Es lo que no sabemos! ¿No puede ayudarnos a encontrarlo con sus superpoderes, o algo así? O a la mejor si puede ayudarle su amigo, el Santo.

—¡Santosss Degollado! ¡Más respeto!

—Sí, él. ¿Podría buscarlo?

Déjame ver, niño. Voy a intentar buscarlo... con mi inmenso poder... que no permitirá que nada malo le suceda a esta patria privilegiada... En Veracruz no está... en Jalisco, tampoco... Campeche... Tamaulipas...

Un momento...

Estoy sintiendo algo muy extraño en Chihuahua. Es una fuerza oscura, justo como la que vi en mi sueño. Y tiene en su poder a... ¡Sí, es ese niño amigo de Antonio!

Han parado ya. Justo en la frontera.

—¡Los encontré, Antonio! ¡Gracias a mis capacidades extraordinarias, he...!

—¿Dónde está?

—Lo ubiqué exactamente en la ciudad fronteriza entre Chihuahua y Estados Unidos de América, la que en un momento difícil fue la capital de la República: Paso del Norte.

—¡Ciudad Juárez!

—¿Cómo dices? ¿La patria me rindió un sentido homenaje cambiando nombrando esa ciudad como yo? ¡Pero qué acción tan desmesurada e inmerecida!

—¡Mándenos ahí como nos mandó al aeropuerto! ¡Por favor!

—¡Ah!

Claro que puedo. Puedo hacer eso y mucho más. Apenas estoy aprendiendo a controlar mis poderes.

¡PUFF!

¿Ciudad Juárez? ¿Ciudad *yo*? ¿Nombraron una ciudad en mi honor? Me preguntó cómo será en estos días futuros. No es por vanidad, como dice Santos. Es por un simple sentimiento curioso.

Debo prepararme para asumir el papel de ciudad. ¿Sabré todo lo que pasa en ella en un sólo instante? No sé si pueda controlar los elementos de una ciudad como lo hice en el «aeropuerto». Además, Antonio ahora está pensando en rescatar a su amigo, y es mi responsabilidad ayudarle.

¡Ya está! Estoy sintiendo las calles... las imprescindibles, siempre laicas, escuelas. Las engañosas y baladíes iglesias. Los pasos de la gente. ¿Juarenses? ¿juaritas? ¿juareños?

—Toño, sé dónde estamos.

Suena a la niña amiga de Antonio. La que lleva el mismo nombre hermoso de mi amada Margarita.

—¿Dónde?

—Es el Parque Shamizal. Mis tíos siempre me traen.

Escucho mi nombre... y escucho... voces, gritos, susurros, risas... Siento pisadas... en todo mi cuerpo, pequeñas pisadas. Hacen cosquillas. Pasos apresurados... hay un grupo de personas corriendo alrededor de una pelota que me raspa el césped.

Parece que entré a una habitación llena de gente. Pero la habitación soy yo. Siento las carrozas motorizadas ir rápido por mis venas. El humo me molesta en los pulmones.

—Allá está la reja y los Yunaites.

La voz de Margarita. Tengo que hacer un esfuerzo para distinguirla entre el bullicio.

—¿Somos invisibles o no?

No, todavía no lo son, Antonio. Debo tener el control absoluto de lo que soy ahora para poder ayudarlos.

—Creo que no... ¿Disculpe...?

—¿Qué pasó, m'ija?

—Este... ¿me puede decir la hora, por favor?

—Las seis y cuarto. Ya váyanse a sus casas, m'ijita, que ya se va a hacer de noshe.

—Sí, gracias.

—No somos invisibles.

—Pues la señora tiene razón. Tenemos que ir con mis tíos, ya se va a hacer de noshe.

¡No! No vayan a esa casa. Puedo sentir... puedo sentir que ahí es justo a donde no deben ir. ¿Cómo les digo? Le tengo que advertir a Antonio... ¿cómo me muevo, cómo hacer para que escuche...?

Me tengo que apresurar con la transformación... Cerrar los ojos... y dejarme llevar.

Siento el aire caliente soplar entre mis casas. Una duna suave y juguetona me lame los pies. Ya casi está. Cada calle es un cabello... cada voz es un pensamiento. Y si abro los ojos, veo todo. Desde arriba, desde cada azotea llena de ropa tendida. Escucho y huelo y siento y saboreo todo lo que pasa. Hay algo que me empuja hacia abajo, es otra ciudad. Yo empujo también.

Dicen que estamos en la frontera con Estados Unidos. Y lo que me empuja desde arriba... son murmullos en inglés. Lo reconozco por aquella temporada de mi exilio en Nueva Orleans y Nueva York. Toda la ciudad soy yo y sus calles y sus árboles y su gente son parte de mí. Así que aquí voy. Respiro... y busco.

Toño no se podía concentrar. Sabía que tenía el tiempo contado, sabía que tenía la ineludible tarea de salvar al mundo y una sola oportunidad para vencer a los extraterrestres.

Pero sólo pensaba en su amigo. Su corazón se estrujaba de remordimiento y de culpa: si él no hubiera involucrado a Nacho en esta aventura, el Secretario nunca se lo hubiese llevado por los cielos. Y esa era su otra preocupación: Nacho nunca había volado antes. Seguramente ese vuelo lo había aterrorizado.

¿Dónde estaba? No tenía una sola pista sobre su paradero. En una ciudad que no conocía, en la que anochecería pronto, sin dinero ni identificaciones, y con quién sabe qué cosas persiguiéndolos a él y a Margarita.

—Toño, ¡despierta! —le gritó la niña que también él había arrastrado hasta ahí, y quien seguramente lo detestaba.

—¿Qué pasa? —preguntó con vergüenza y en voz baja.

—Te estoy diciendo que ya casi llegamos.

Toño reaccionó. Estaban caminando por una calle estrecha y polvosa. El sol estaba a punto de ponerse y las sombras comenzaban a alargarse por toda la ciudad. Sintió su mano: estaba unida a la de Margarita. Sintió un poco más: entre ambas había unas gotitas de sudor.

¿Cuándo habían empezado a caminar así? ¿Cuántas cuadras llevaban caminando? ¿Por qué se había perdido de este sentimiento extraordinario que le aceleraba el corazón y le dibujaba en su rostro una sonrisa gigantesca?

—¿Crees que Nasho esté bien? —preguntó Margarita.

—¿Quién? ¡Ah, sí! No sé, estoy esperando a que don Benito nos contacte, pero hasta el momento no he escuchado nada.

—Dale tiempo —Margarita le sonrió levemente—. De todas formas, no hay nada que podamos hacer hasta mañana. Ya casi llegamos.

Margarita se detuvo y señaló una casa a cien metros de donde estaban.

—Vamos —dijo Toño y la jaló de la mano.

De repente, de todas las casas vecinas y de todas las esquinas y rincones salieron cientos de hombres y mujeres. Todos iban en dirección contraria a los niños y tenían una cara seria, sin expresión.

—¿De dónde salió tanta gente? —preguntó Toño.

Margarita no pudo contestar porque estaba esquivando empujones de tres, cuatro personas.

—¿Qué pasa, Toño?

En poco tiempo, la calle fue invadida por un río de gente. Toño y Margarita tuvieron que soltarse las manos entre tantas personas que los empujaban y arrastraban más y más lejos de aquella casa que Margarita había señalado.

—¡Toño!

Toño buscó a Margarita entre la gente; la vio cinco personas más adelante. Se coló como pudo entre patadas y empujones y la tomó de la mano.

Pero se volvieron a soltar.

Toño se estiró y sintió cómo se lastimaba el brazo y la espalda, pero consiguió tomar de nuevo la mano de Margarita. Y una vez que la sintió segura, comenzó a empujar a todos y a gritar:

—¡Quítense! ¡Burros, mulas, vacas, quítense!

Y haciendo una barrera con sus manotazos y gritos, Toño pudo hacerse camino, lentamente, hasta el edificio que había señalado Margarita. Justo cuando llegaron a la puerta, toda la gente se dispersó y en unos segundos la calle estaba de nuevo vacía.

—Eso estuvo muy raro —comentó Margarita—, ¿no habrá sido cosa de don Benito?

Toño no había considerado esa posibilidad. Tomó el timbre postal que Nacho había perdido y que él había usado para comunicarse con Don Benito en el aeropuerto. No pudo usarlo porque en ese instante se abrió la puerta.

—¿Maryi? —preguntó un hombre panzón, calvo y altísimo, que, después de ver a Margarita, sonrió con sorpresa y gritó— ¡Si yo dije: esa es la voz de Maryi! ¡Lola! ¡Lola, te dije que era Maryi!

—¿Maryi? —se escucharon pasos apresurados dentro de la casa, hasta que se asomó una señora igual de panzona que el señor, pero con el cabello teñido de naranja y con un mandil cuadriculado—. ¡Margarita, dishosos los ojos que te ven, hombre! ¡Saúl, déjalos pasar, gordo!

—¡Ah, pues sí, verdad! ¡Pásenle, mushashos!

Lola atrapó a Margarita entre sus brazos gordos y dijo:

—Condenada shamaca, ¿qué anda haciendo hasta acá? Me dijo tu papá que andaban de campamento en su escuela, pero no me dijo que los trajeron hasta acá.

Margarita y Toño se vieron con complicidad y asombro.

—¡Sí! —contestó Toño—. Este... es un viaje muy largo... y... hoy nos dijeron que podíamos visitar a parientes, y pues yo me le pegué a Margarita. Por cierto, me llamo Antonio.

—Antonio, musho gusto —contestó Lola—. Mira qué shamaco tan guapo, Saúl. ¿Sabes qué? Tú termina de lavar los trastes en lo que Maryi me termina de platicar de su viaje. ¡Órale, no seas flojo, panzón!

Saúl tomó el mandil que se quitó Lola y llevó a Toño a la cocina.

—Acabamos de cenar pero a ver de dónde sacamos para que cenen. Como dice el disho, ¿verdad?: «Donde comen dos, comen cuatro». Y a propósito, yo soy Saúl, ella es Lola, mi mujer, y esta es tu casa, Toñito.

—Gracias.

Saúl tomó el estropajo y un plato sucio.

—Ah, qué bueno que nos visitan desde hasta allá. ¿A poco su escuela se trajo a todo el grupo? N'ombre pues a mi concuño sí que le va bien. Nos dolió musho cuando se llevó a toda su prole al Distrito. Pero bueno, cuéntame mushashón, ¿eres su novio, su pretendiente o qué rollo, de qué la rifas, tú?

La pregunta tomó desprevenido a Toño, quien no supo qué decir. Saúl soltó una carcajada.

—No te la creas Toñito, que es pura guasa. Si hubieras visto tus shapitas en las mejillas te hubieras reído también. ¡Tranquilo, hombre!

Por más que Saúl le gritara esa orden a Antonio, este no se sentía muy cómodo con tanta broma y risas a sus costillas.

—Mira, Lola es la tía de Margarita. Su hermana era la mamá de tu amiga. Eran dos hermanas en esa familia nada más, así que imagínate el dramón cuando... pues cuando ya sabes... pero sí sabes, ¿no?

—Más o menos... —contestó Toño. No le había querido preguntar mucho a Margarita porque era un tema muy sensible para ella, pero su curiosidad fue más fuerte así que se aventuró a preguntar—. ¿Usted la conocía?

—¿Y ora? ¿Por qué de repente me hablas de usted? ¡Háblame de tú, no seas ranshero, hombre!

—¿Tú conocías a la mamá de Margarita?

—¡Claro que la conocí! ¡Todos la conocimos! Esa Teresa era un dulce, Toñito. ¡Qué mujer!

—Y... ¿qué pasó?

La cara de Saúl se volvió triste por primera vez para To-ño. Esa cara lo hacía ver diez años más viejo.

—Pues qué más, Toñito. Qué más iba a pasar en este lugar.

No pude. Quise detenerlos, quise avisarles, pero no pude. No me salió la voz, como en Palacio Nacional, y no controlé tan bien a la gente, como en el «aeropuerto». Sólo pude hacer que caminaran contra ellos. Es que son tantos...

Además... todos ellos me... me dijeron cosas... o las escuché de su ser, no lo sé, pero me llenaron de tristeza. Estoy devastado. Sé que mi deber es con Antonio, y sin embargo, no tengo voluntad ni siquiera de moverme.

Tengo heridas en todo el cuerpo. Me duele todo, me duelen mis calles, me arden las heridas. Sólo quiero llorar. ¿Quién soy? No soy nadie, soy puro dolor y lamentos. Me avergüenza mi nombre.

—*Toñito, ya te habrá contado mi marido que yo soy cajera de un banco, y él es maestro de Historia.*

Esa es la señora, la tía de la niña. Ella es buena y su marido también, eso lo sé. Pero... ahí vienen los villanos.

Los puedo detener. Les puedo avisar. Antonio tendría mucho tiempo para escapar. Y además sé dónde está su amigo. Lo escucho llorar.

Pero no quiero. Estoy atormentado, no sé, tengo miedo, tengo mucho miedo. No quiero ser quien soy ahora.

—Bueno, ya mero están los burritos así que váyanse lavando las manos —ordenó Lola. Los niños aprovecharon el viaje al baño para ponerse al tanto el uno con la otra.

—¿Qué le dijiste a tu tía?

—Pues le conté de mis hermanos y de mi papá. Y de la escuela. Que en nuestro «campamento» se nos perdió un amigo y lo estamos buscando. Dice que nos van a ayudar a encontrarlo —contestó Margarita, sonriente.

—¡Muy bien! Sólo tenemos el día de mañana para encontrarlo —dijo Toño con un poco de esperanza y frotando el timbre postal en su bolsillo.

—Y tú, ¿qué tanto platicabas con el panzón? —preguntó ella, curiosa.

—Pues de la ciudad... de que es muy peligrosa —Toño estudió la reacción de Margarita y después de ver que era de seriedad más que de tristeza continuó—, y pues... de tu mamá.

—¡Shamacos! —Lola les gritó desde el comedor—. ¡Ya vénganse para acá, hombre, luego shismean a gusto!

—Ven, rápido —dijo Margarita y jaló a Toño hacia una habitación contigua al baño. Abrió un par de cajones hasta dar con lo que quería.

Era una foto familiar. Toño reconoció a Saúl y Lola, más delgados, abrazados. Varios niños sonreían en medio del grupo, alrededor del papá de Margarita. A su lado, una mujer hermosa sostenía a un bebé.

—Esa soy yo —dijo Margarita, señalándose con ternura.

Sí, a Toño, Margarita le gustaba antes de saber cómo había sido de bebé, ahora estaba enamorado de ella. La bebé sonreía, recargada ligeramente en el cuello de su madre.

—Hermosa —la palabra se le salió a Toño, como si hubiera brotado de sus ojos sin pasar por el pensamiento. Se apenó mucho y se preguntó si en ese momento tendría sonrojadas sus «shapitas», pero una lágrima cayendo en la foto interrumpió su reflexión.

—La extraño —alcanzó a decir Margarita antes de llorar.

Toño no dudó: la abrazó con firmeza y con suavidad al mismo tiempo.

—Ya, ya —fue lo único que pudo decir. Margarita suspiró, se limpió los mocos con el dorso de su mano y continuó.

—Tengo tanto qué preguntarle. Mis hermanos me aconsejan, pero no es lo mismo, Toño. Me acuerdo de todo, como si fuera ayer. Me acuerdo hasta de la foto. Los niños grandes jugaban beisbol y yo me quedé con ella, jugamos a la comidita y cuando me cansé me llevó a dormir al coshe. Me dijo te quiero y cerró la puerta.

—Suena a que era una buena mamá.

Margarita se separó un poco de él y lo miró fijamente.

—Sí...

El corazón le brincaba como un conejo. Tenía frente a él, a diez centímetros, a la niña que le gustaba. ¿No le tocaba preguntarle primero si quería ser su novia? ¿O si le daba un beso y ella se dejaba, era como si le hubiera preguntado y ella, dicho que sí? ¿O qué tal si nada más lo estaba viendo porque pensaba que iba a decir algo? ¿Y Nacho? ¿Dónde estaba su amigo? Los diez centímetros le parecían que habían pasado a seis. El corazón le latía más y más fuerte, sentía que sus latidos se escuchaban fuera de su cuerpo, fuera de la casa...

Hasta que se dio cuenta que no eran latidos: era el sonido de un helicóptero.

¿Qué va a ser de mí? No quiero ser esto. Comienzo a pensar que podría ser factible que Santos tal vez tuviera un poco de razón en sus argumentos.

Porque sin duda esto no es lo que yo tenía en mente. Es mucho más complicado. He caído en un valle de tristeza y no sé cómo salir de él.

La carroza que truena está arriba del edificio. Hay policías alrededor de toda esa casa. No te quiero fallar, Antonio. Pero no sé cómo.

De repente he perdido todas las fuerzas. No sé qué hacer, estoy extraviado. Lo siento, Antonio. Quisiera ayudarte... pero no sé cuál es el siguiente paso. Si tan sólo supiera.

—¡Margarita, qué hicieron! —gritó Lola, asustada.

—¡Perdón, tía!

—¿Qué pasa? —gritó Saúl. Sus voces casi no se escuchaban por el escándalo del helicóptero, que ya estaba prácticamente encima de ellos.

—Antonio —se escuchó de un altavoz en el helicóptero—, sabemos que estás ahí. Entrégate y los que te protegen no sufrirán las consecuencias.

Lola y Saúl voltearon a ver a Toño.

—¿En qué andas metido, niño? —le preguntó Saúl.

—En nada, lo juro, yo sólo... —Toño no sabía siquiera cómo empezar a explicar su situación, y mucho menos en ese escándalo.

—¡Te sales en este momento! —exclamó Saúl—. ¡Y no pongas en peligro a nuestra niña! ¡Ya con una que perdimos es suficiente!

Saúl tomó del brazo a Toño y lo arrastró hacia la salida, a pesar de los jalones de Margarita.

—Saúl, mira, yo... —intentaba explicarle Toño en el camino. Sólo se le ocurrió, como medida extrema, sacar el timbre postal de Benito Juárez de su bolsillo— Mira, él, él nos trajo aquí...

La mano gruesa de Saúl ya estaba en el picaporte, pero al ver el timbre postal, el tío gordo y pelón de Margarita quedó paralizado.

—Antonio —dijo la voz del helicóptero—, nuestros hombres tienen la orden de entrar si no sales. Tienes un minuto.

Toño aprovechó la distracción de Saúl para cerrar los ojos y concentrarse.

«Don Benito», pensó, ayúdenos. Por favor, lo necesitamos.

—Lo siento, Antonio —la voz de don Benito era muy débil, casi un suspiro—. No sé cómo.

—¡Por favor, llévenos a algún lugar! ¡A donde esté Nacho, aunque sea! —rogó Toño.

—Treinta segundos.

—¿De dónde sacaste esto, mushasho? —preguntó Saúl.

«¡Por favor, don Benito! ¡Llévenos con Nacho!»

—Está bien, Antonio, voy a intentarlo. Reúnete con tu amiga. Después de esto... no sé dónde estaré.

—¡Gracias, don Benito! —exclamó Toño.

—Sí, es Benito Juárez —dijo Saúl, impaciente—. ¡El compás y la escuadra! Dime de dónde lo sacaste.

—Diez segundos.

—Se lo regalo —dijo Toño, se soltó de la mano de Saúl y corrió hacia Margarita. Sus cuerpos comenzaron a temblar.

—¡Tiempo! —dijo la voz, y la puerta se rompió.

10. PERDIDO

LO PRIMERO QUE SUPIERON fue que se encontraban en un vehículo en movimiento, en completa oscuridad. Lo segundo, que parecía un contenedor, porque estaba muy amplio, no tenía ventanillas y olía a metal oxidado.

—¿Estás bien? —le preguntó Toño a Margarita.

—No... —contestó una voz lastimosa, del otro lado del contenedor.

—¡Nacho! —Toño y Margarita reconocieron de inmediato la voz de su amigo y corrieron hacia él. Con sus manos lo buscaron.

Nacho estaba amarrado de pies y manos, vendado de los ojos y muy sucio.

—¿Qué te hicieron, amigo?

—Nada, nada —Toño sintió que Nacho se limpiaba lágrimas de los ojos disimuladamente—, lo bueno es que ya están aquí.

Rápidamente, desataron las cuerdas que lo sujetaban y le quitaron la venda de los ojos. Él se abrazó a los dos con mucha fuerza.

—¡Gracias, gracias, gracias!

Después del abrazo, preguntó, ya con más fuerza en la voz:

—Pues ya, Toño, sácanos, ¿o qué?

Éste se quedó callado. Lo único que se escuchaba era el ajetreo del vehículo donde viajaban.

—Es que... no creo que podamos salir.

—¿Cómo? —preguntó Margarita— ¿Y don Benito?

—Me dijo que ya no podría hacer nada más, que estaba perdido.

—Pero... ¿entonces?

Hubo un momento de silencio en el contenedor. Sólo se escuchaba un traqueteo y las llantas de un par de automóviles que los rebasaron.

—¿No tienes el timbre postal que te di? —preguntó Nacho— Para que hables con él.

—No. Me lo quitó el tío de Margarita —mintió.

—¿Mi tío? ¿Para qué lo habrá querido? Sólo porque es maestro de Historia...

—¡Uf! ¡Perfecto! —Nacho sonaba ofendido—. A mí me secuestran por segunda vez en dos días y ¿qué hacen mis amigos para rescatarme? ¡Visitan a la familia! ¡Gracias! ¿Comieron rico? ¿Jugaron *jenga*?

—Oye, las cosas no fueron así como las cuentas —Margarita intentó tranquilizarlo—, fuimos allá para buscar ayuda. Pero, en eso, llegó un helicóptero, y... —hizo una pausa e inmediatamente exclamó—: ¡Mis tíos! ¡Toño, sácanos de aquí, tengo que ir a ver qué les hicieron a mis tíos!

—¡No puedo! ¡No sé cómo!

Revisó en toda su ropa para ver si tenía algo que pudiera usar. Los pantalones, la camisa... tenía que calmar las ansias de Margarita, pero estaba encerrado, sin absolutamente ninguna solución. Se paró y comenzó a gritar:

—¡Don Benito! ¡Benito Juárez!

Sus amigos lo imitaron. Gritaron hasta quedarse roncos. Pero no pasó nada. Don Benito no se apareció esta vez.

—Por lo menos estamos juntos —dijo Toño.

—Pero ¿de qué sirve? —Nacho seguía un poco resentido.

—Pues así como lo pones, se oye muy mal. ¿Tú no averiguaste nada?

—¡No! Después de que la cosa esa babosa me llevara, me quedé dormido...

—Te desmayaste, lo vimos.

—Bueno, como sea. Desperté aquí. Antes de que me taparan los ojos y me amarraran, alcancé a ver unas cajas llenas de cascos como de motociclistas, muy modernos. Se las llevaron. No sé cuánto tiempo hemos estado moviéndonos. Cada dos o tres horas se detienen y bajan a darme agua.

—Así que tenemos... alrededor de dos horas antes de que vengan a darte agua otra vez.

—No creo, en la última ronda me dijeron «Buenas noches escuincle, que descanses».

—Entonces, en este rato nos podemos turnar para descansar y, cuando se paren para darte agua, los agarramos desprevenidos y nos escapamos —propuso Toño.

Nacho y Margarita pensaron un par de segundos antes de aceptar. Los tres estaban agotados.

—Bueno, ¿quién se duerme primero?

He visto el futuro, y no es halagador.

¿Qué he hecho mal en estos años que hoy, cuando una ciudad me dice todos sus miedos yo, en vez de ayudar, me rompo en pedazos? No quiero sus miedos, ¡quédenselos!

Lo malo es que no los puedo devolver. Las imágenes se quedan aquí adentro de mí, y me arrastran a la tumba, y me llenan de zozobra.

Quiero descansar. Quiero regresar y descansar.

Perdóname, Antonio.

Estoy perdido, estoy asustado. No sé dónde está el futuro, el pasado.

No sé cómo volver con Santos. Ahí me debí quedar y no molestar a la historia. Yo no puedo con esos miedos, con esas historias. No hay paz, y comienzo a pensar que nunca la hubo.

¿A dónde voy? ¡Santos! ¡Santoooos!

—¿No puedes dormir? —susurró Toño.

—No —contestó Margarita.

Nacho roncaba plácidamente. El clima era muy frío en ese momento. Estaba corriendo el turno de Toño de vigilar, y Margarita se había ido a sentar a tientas junto a él.

—Pienso en mi familia. En lo que les habrán hecho los aliens, la bola de pelos —dijo en voz baja—. Ya bastante sufrimos cuando se murió mi mamá.

—Sí... —Toño no sabía qué más decir. Margarita estudió su respuesta y reclamó:

—Oye... tú no nos has contado mucho de ti. Sabes la historia de Nasho porque es tu amigo y sabes la mía porque te llevé con mis tíos... pero tú sólo hablas de don Benito y de cómo te contactó.

—Es que mi vida no ha sido tan trágica como las de ustedes —contestó Toño—. Vivo con mi mamá y mi hermanito. Nos llevamos bien, si la obedecemos.

—¿Y tu papá?

—Mi papá... un día desapareció —dijo abruptamente.

—¿Cómo crees? Cuéntame.

—No hay mucho que contar. Un día salió a trabajar y ya no volvió. Mi mamá lo buscó durante casi un año y luego se rindió.

Margarita, a tientas, lo encontró, y le dio un abrazo.

—Seguro sigue por ahí, acordándose de ustedes.

—Sí, claro —respondió Toño, guardándose la idea que siempre había tenido y que en ese momento le volvió a la mente: «Sí, claro que se acuerda, en su yate privado, con su familia australiana».

El transporte en el que iban comenzó a disminuir la velocidad. Nacho, instintivamente, dejó de roncar, y de un salto recobró su posición. Nacho y Margarita ya estaban listos también.

Se detuvieron por completo y escucharon unas pisadas fuertes y un chiflido distraído del lado izquierdo, acercándose a la puerta metálica.

—¿Listos? —susurró Toño.

—Sí —contestaron ellos.

—A ver, niño —dijo un hombre de voz aguda y gangosa—, ya levántate, no seas flojo.

El hombre azotó la puerta varias veces. El sonido del metal golpeándose retumbó con fuerza dentro del contenedor. Toño identificó el tintineo de un llavero y varios candados abriéndose uno por uno.

—Son cuatro candados —susurró Nacho.

El hombre quitó el cuarto candado y abrió la puerta. Nacho estaba justo frente a él, de pie y sonriendo.

—Ah, te quitaste las vendas —dijo el hombre—, seguro eres de esos *boy scouts*.

En cuanto dio un paso hacia adentro, Toño y Margarita le saltaron encima desde los flancos de la entrada. Enseguida se les unió Nacho.

—¡Tírenlo! —gritó Toño.

El hombre gritaba y se sacudía, pero poco a poco se fue acercando al piso. Nacho tomó el llavero y gritó:

—¡Ya! ¡Vámonos!

Los tres niños corrieron hacia afuera, para descubrir que los estaba esperando, quizás desde el principio, el Secretario de Educación.

—Benito... Benito, despierta.

—¿Dónde estoy?

—En la Laguna Encantada, hijo. Ya no tarda en salir el sol, debes apurarte.

—¿Abuela?

— Sí, soy Abuela. Regresaste de las nubes todavía con bruma en los ojos. Ahora, levántate y ve con las ovejas. Recuerda aquella ladera con la tierra floja. No vayan por ahí. Llévate el itacate, y este abrazo, que te dure todo el día.

—Sí...

Reconozco este lugar... Es Guelatao. Y este camino, y el olor del rocío sobre los pinos. No es un retrato ni una pintura. Es tal y como lo recuerdo. Y el maíz... el maíz sabe igual.

No puedo creer... no puede ser que me hayan mandado aquí. No creo que tengan el poder.

—¡Benito!

Es Tío Bernardino. Viene a dejarme las ovejas.

—Hoy nace una, ven, vamos a recibirla.

Esto lo recuerdo bien. Esta noche Abuela se enferma. Esos días fueron aciagos, no quiero volverlos a vivir.

¿Qué pasará con Antonio? Tengo una responsabilidad con él. Necesito irme de aquí, no puedo repetir esto. Es una aberración.

¿Cómo me salgo? ¿Qué hago?

Cuando vea de nuevo a Santos, le voy a pedir una disculpa muy sincera.

—Niños, niños, niños —dijo el Secretario con su voz tranquila.

A lo lejos, el sol despuntaba. Hacía un poco de frío, y por las paredes del vagón corrían canales de rocío. En cuanto vio al Secretario, Nacho comenzó a temblar; se paró detrás de sus amigos lo más discretamente que pudo.

—Vamos a ver. Ya todos sabemos quiénes somos todos nosotros. En especial ese changuito de por allá —señaló a Nacho—. ¿Te está gustando el viaje, amiguito?

Nacho solamente le dirigió una mirada furiosa. Su respiración se agitó. Margarita lo calmó con su mano.

—¿Por qué nos está haciendo todo esto? —Toño se atrevió a hablar.

—Puedes detenerlo y lo sabes. Dime cómo le hacen para aparecer y desaparecer de nuestro radar. Dime quién es el que los está ayudando. Dime quién es y se podrán ir. Si no, no me quedará más remedio que meterlos otra vez a su nuevo hogar.

Por primera vez, Toño dudó. No quería volver al vagón. No quería provocarle más penas a Margarita. Pero tampoco quería que los malos ganaran.

Volteó a ver a sus amigos. Los ojos de ellos contenían todas las certezas del mundo juntas. Margarita estaba despeinada, sucia, ojerosa. Nacho estaba molido. Pero en la mirada de ambos había un brillo muy intenso. Toño supo entonces la respuesta.

—No.

—Lástima —dijo el Secretario, y de un empujón mandó a los tres niños de vuelta al interior del vagón.

Nacho, Toño y Margarita vieron cómo cerraba la puerta y aseguraba los candados rápidamente. Oyeron dos golpes en la pared del vagón y la voz del Secretario:

—Apenas vamos a medio viaje, y ha sido una noche templada. Pero, en un ratito... no quisiera estar aquí adentro. Será un horno. Yo creo que llegaremos a nuestro destino a las cinco de la tarde. Si siguen conscientes, nos vemos prontito. Y si no... pues ni modo.

Los niños volvieron a quedarse en completa oscuridad, sin saber siquiera qué decirse entre ellos.

11. CAMBIOS AQUÍ, CAMBIOS ALLÁ

—REVISEN SI HAY OTRA PUERTA, una grieta, ¡algo! —exclamó Toño.

Como mejor pudieron, en medio de la oscuridad, los niños tantearon, empujaron y rasparon las paredes y el piso del contenedor, pero la única salida era en efecto aquella cerrada con cuatro candados.

—Ya está pegando más la calor, mushashos —advirtió Margarita.

—Es tu imaginación —dijo Toño, queriendo calmarla, aunque era evidente que minuto a minuto la temperatura dentro del contenedor aumentaba.

—¿Y vamos a estar aquí adentro hasta las cinco de la tarde? —preguntó Nacho, quitándose las primeras gotitas de sudor de la frente.

—¿Por qué no nos matan y ya? —preguntó Margarita con una voz temblorosa.

—Esa es una buena pregunta —dijo Toño—. Nos quieren vivos, nada más nos van a hacer sufrir un ratito.

—¡Deja de verle lo bueno a algo que tiene todo de malo! —gritó Margarita y comenzó a azotar la puerta del contenedor —¡Sáquennos de aquí! ¡Ayúdenos, por favor!

Nacho se le unió y, después de un rato, Toño pateó la puerta un par de ocasiones. Pero ni la velocidad a la que iban, ni el silencio que quedaba, ni el calor que seguía creciendo... Nada cambió. Nacho buscó los hombros de Toño, los apretó con fuerza y le preguntó:

—Dime qué fue exactamente lo último que te dijo don Benito.

—Etimológicamente, la jurisprudencia proviene del latín *jurisprudentia*. Compuesta por los vocablos *juris* que significa derecho, y *prudentia* que quiere decir conocimiento, ciencia... Señor Juárez, sírvase poner atención.

—Sí, Señoría.

¡Nueve años! ¡Nueve años atorado en esta vida! ¡Yo ya sé todo esto! *¡Iurisprudentia est divinarum atque humanarum, rerum notitia!*

—¿Qué es lo que ha dicho, señor Juárez?

—No... nada.

—Tenga cuidado, señor Juárez. Bastante he hecho permitiendo que un indio se siente en este salón... ¿Señor Juárez? ¿Qué hace? ¡Siéntese!

—¡Libertad, Igualdad, Fraternidad! ¡Garantías individuales para todos!

¿Qué estoy haciendo saliéndome de la clase? ¿Será lo correcto? ¿No estaré cambiando el curso del tiempo?

No creo que una acción tan mínima como salirme de esta aburrida clase tenga un efecto en el futuro de mi vida...

¡No importa! ¡Soy Benito Juárez y a mí nadie me habla así!

¡Maldigo el tiempo por jugar conmigo! ¿Por qué pasó esto? ¡Yo sólo quería salvar una vez más a mis compatriotas!

¿Quién, en completa cordura, querría repetir su vida? ¡Esto no lo merezco! Y tal vez sí afecté el transcurso del tiempo cuando decidí volver al mundo para salvarlo. ¡Pero mis intenciones eran buenas! ¿Esto es algún tipo de castigo hacia mis convicciones de prócer de la patria?

¡Esto lo digo al señor del tiempo: no cejaré en mi lucha por regresar a donde me corresponde estar, ni mucho menos en mi misión para proteger al mundo, al país que amo tanto, de una invasión extranjera, digo, extraterrestre!

Y si con mis acciones, una o dos cosas cambian en el futuro, que así sea.

Adentro era un horno. Las paredes de metal quemaban al tacto y calentaban el aire encerrado. Nacho, Toño y Margarita estaban sentados, sudando.

—No puedo, ya no puedo —dijo Nacho—. Con su permiso, me voy a quitar la ropa.

—¡Nasho! —gritó Margarita— ¡No, cómo crees!

—Ay, ¡pues no nos vemos, está oscuro! ¡Ustedes quítensela también!

—¡No! —dijeron Toño y Margarita.

—Bueno, yo me voy a quedar en calzones. Así ando en mi casa cuando hace calor. Total, mi abuela está muy ciega.

—¡Hazte para allá, shamaco desvergonzado este! —exclamó Margarita.

—Tengo sed —Toño cambió la conversación—. Y me siento mareado.

—Quién sabe cuánto tiempo aguantaremos sin agua. Don Benito Juárez nos traicionó. Y ahora vamos a morir por su culpa.

—No es cierto —discutió Toño, aunque sin mucho ánimo. En sus adentros, el abandono no le resultaba tan insólito.

—Ya, no hay que hablar musho —propuso Margarita—. Tenemos que guardar energías.

Toño y Nacho aceptaron en silencio. Después de un rato sólo se escuchaban las respiraciones pesadas de los tres niños. Toño sintió de repente la mano de Margarita buscando la suya. Eso le provocó un sudor frío que le hizo temblar.

El calor tenía aturdidos a los tres niños. La sed invadía sus pensamientos y el balanceo del contenedor los sumía en un sueño profundo.

Acostado y con el sudor escurriéndole copiosamente, Toño recordaba con dificultad los hechos de los últimos días. Si lo veía desde cierta perspectiva, podía pensar que todo había sido producto de su imaginación. Hasta por qué estaba encerrado en un contenedor con su mejor amigo y con la niña que aún sostenía su mano. Sí, todo había sido una aventura imaginada. Se sentía aletargado en un sueño prolongando y oscuro... «Pronto... pronto... todo va a terminar muy... pronto...»

¡PUFF!

El contenedor ya no estaba ahí.

Los niños estaban acostados, cada uno sobre una de las mesas de un restaurante lujoso. Era la hora del almuerzo y varias señoras con vestidos rosas y pestañas postizas gritaron asustadas.

Toño fue el primero en reaccionar. Abrió los ojos y vio que un hombre de saco y corbata lo miraba con una mezcla de sorpresa y desprecio. El niño se incorporó rápidamente, miró a su alrededor y vio a Margarita dormida en la mesa de junto.

—¡Margarita! —Toño corrió hacia ella y la miró. Su cabello estaba empapado y su ropa llena de polvo—. ¡Despierta!

Margarita poco a poco volvió en sí. Cuando vio a Toño, sonrió placenteramente. Pero cuando vio a las cinco ancianas boquiabiertas alrededor de ella saltó de la mesa.

—¿Qué? —fue lo único que preguntó. El escándalo de la mesa de la esquina no la dejó decir más.

Nacho tiró platos, vasos y cubiertos, y se hizo espacio entre un grupo de veinteañeras embarazadas que estaban muy alborotadas. Estaba en calzones y no sabía qué debía taparse primero con las manos.

—¡Nacho! —exclamó Toño. De un perchero portátil tomó un saco y corrió a ponérselo. Como el saco estaba muy grande, lo cubría casi por completo.

—Muchas gracias, hermano —dijo Nacho, aliviado.

—¿Qué hacen aquí, niños? —preguntó un mesero—. ¡Fuera de aquí!

Toño tomó con fuerza la mano de Margarita. Nacho estaba junto a ellos pero aprovechó para tomar del vaso de jugo de naranja que estaba a la mano.

—¡Qué rico!

El mesero llamó a otros más y al gerente. Pronto los niños estaban arrinconados.

—¿Se van a largar o llamamos a la policía?

El gerente iba a tomar el hombro de Margarita pero Toño se le interpuso.

—¡No la toques!

El gerente sonrió y sacó un teléfono celular.

—Diez años en el reformatorio, mí-ni-mo —dijo, burlón.

—¿Qué está pasando, Toño? —preguntó Margarita, asustada.

Toño no supo qué decir.

No sé qué más hacer. Ya consulté los grandes libros masones, ya mandé traer a la hechicera de Guelatao, ya les pregunté a las estrellas. Pero continúo viviendo mi vida por segunda vez...

Creo que lo único bueno de regresar a vivir mi vida por segunda vez, es que volveré a ver a mi Margarita.

La recuerdo tan bella, tan sana, tan viva.

Quiero volver a ver sus ojos que brillan y su sonrisa que me derrite. Me quiero quedar aquí. Quiero verla convertida en la mujer y madre de mis hijos, de la que sigo enamorado.

Sólo por volverla a ver, he decidido volver a la escuela. Después de todo, sé que en estas épocas el paso por el Seminario da mucho prestigio.

Ya viene el profesor.

—Buenos días, que el Señor los bendiga a todos. Esta es la clase de Introducción a la Teología. Sentados, por favor.

Ah, sí...

No recordaba esta clase. Seguramente porque no aprendí absolutamente nada de ella. Bueno. Resiste, Benito. Por Margarita. Por Margarita. Por Margarita...

—Necesito ver en sus manos el material de lectura. La Biblia de Jerusalén. Usted, el morenito. ¿Por qué no trae consigo nuestro Libro Sagrado?

—¿Las Leyes de Reforma?

—No, la Biblia.

—Es que yo...

—No hay problema. Aquí tengo una. Aquí nunca sobra ni falta una Biblia, pues el Señor nos da lo justo y exacto. Tenga.

—No, gracias.

—Pero es que es obligatorio.

—No... me niego, ¡por favor no me obligue a abandonar este recinto!

—¿Vamos a tener problemas desde ahora? ¿Por qué se levanta? ¡A dónde va!

—¡Separación inmediata de la Iglesia y el Estado!

¡PUFF!

Toño, Nacho y Margarita aparecieron hombro a hombro alrededor del asta bandera en medio del Zócalo de la ciudad de México.

—Esto ya está muy raro —comentó Margarita.

—¿Qué te parece más raro? —preguntó Nacho—. ¿Que nos cambien de canal como si fuéramos una televisión, o que haya puro güero en el Zócalo?

Por todos lados sólo caminaban hombres y mujeres de piel blanca y cabello claro. Los niños no habían aparecido esta vez en un restaurante donde se les persiguiera, pero los rubios que caminaban cerca de ellos los esquivaban con desdén.

—¿Y ese gringo qué se trae? ¿Qué me ves, güero? —le reclamó Nacho a un peatón que incluso se había cubierto la nariz cuando los vio, y que, como respuesta a las palabras de Nacho, señaló el asta bandera.

Ondeando majestuosamente, cincuenta metros arriba de ellos, la bandera de Estados Unidos les abrió la boca a los tres niños.

—No... —dijeron los tres al unísono, con el corazón confundido.

—¡Benito! ¿Por qué diablos golpeaste al general Santa Anna? Yo, como tu tutor, no puedo defenderte con las autoridades estatales. ¡Así cómo te voy a recomendar ante el Instituto de Ciencias y Artes! ¡Tu futuro político está en riesgo!

¡PUFF!

Todos los estadounidenses desaparecieron. Ahora los niños estaban en medio de una pastelería. Había de todos tamaños y colores: rosas, verdes, azules; de tres pisos, de un metro, individuales... Todos con el nombre «Remontel» en uno de los costados.

—Se ven... espectaculares —dijo Nacho. Los tres niños no habían comido en horas.

Nacho invadió un pastel de chocolate con sus manos y abrió la mandíbula lo más grande que pudo...

—Mucho gusto, señor. Mi nombre es Santos Degollado.

—¡Me abandonaste! ¡Traidor! ¡Traidor a la patria!

—Melchor Ocampo tenía razón: este hombre tenía futuro, pero por algún motivo perdió el rumbo... Es una lástima...

El pastel desapareció de las manos de Nacho. Eran tantos los cambios provocados por don Benito Juárez, que estaban afectando hasta los detalles más inusitados de la historia. Los saltos entre varios mundos habían afectado los corazones de

¡PUFF!

Tony, Daisy and Iggy were very scared and didn't know what to do.

Bueno, todos me han abandonado, pero por lo menos ha llegado el día en el que veré a mi Margarita.

—¿Se refiere Usted a la señorita Margarita Maza? Ella se fue a estudiar a otra ciudad, y, por respeto a ella, nunca le diré cuál. Usted tiene una muy mala reputación.

¡PUFF!

He arruinado mi vida, mi muerte y mi memoria. Estoy viviendo en una choza de Tacubaya y trabajo como abogado penalista. Qué vergüenza. Y encima de todo, los conservadores han tomado el poder.

No sé cómo hacer para deshacer todo lo que he hecho mal. Quería ayudar a mi país, y como lo veo desde ahora, estoy pensando que quizás la invasión extraterrestre en el futuro no esté tan mal.

¡Qué cosas estoy diciendo! ¡Voy a arreglar esto, aunque tenga que hacer todo de nuevo, por tercera vez!

¡Antonio, Santos, Margarita, Abuela! ¡Aquí voy!

12. EL TEATRO AMIGO

¡PUFFF!

MARGARITA, TOÑO Y NACHO aparecieron, exhaustos, entre las butacas de lo que parecía un teatro. El lugar estaba vacío y a medias luces. En el escenario sólo había un podio delante de una pared de cajas. Toño tomó de los brazos a sus amigos. El brazo de Margarita lo sentía frío y tembloroso. El de Nacho no lo podía sentir muy bien, por la manga gruesa del saco.

—Parece que ya estamos más o menos donde comenzamos —dijo.

—¿Y dónde comenzamos? —Nacho se soltó y deambuló entre los pasillos, hacia el escenario—. ¿Y esas cajas, qué serán?

—¡Ya vámonos a casa! —Margarita no estaba cómoda: hacía mucho que no estaban rodeados de tanto silencio.

—Margarita tiene razón, ya deja eso, Nacho.

—¿No se preguntan por qué acabamos justo aquí? —Nacho ya estaba arriba, a unos pasos de la pared de cajas. No había en ellas nada escrito, solamente estaban ahí, calladas, cerradas.

—Nasho, vámonos. Por favor.

La voz suplicante de Margarita hizo desistir a Nacho, quien se detuvo frente a las cajas, suspiró y volvió con sus amigos.

—¿Qué tal si estamos en un teatro de Rusia? —preguntó mientras se adelantaba hacia la salida.

—Oh, pero siguen en México, querido Ignacio.

Los tres niños se paralizaron. Esa voz la tenían grabada en la parte del cerebro que envía escalofríos a todo el cuerpo. Ninguno de ellos pudo volverse.

—Siguen aquí, y puedo hacer con ustedes lo que yo quiera. Y como ya me tienen harto con sus escapes, pienso eliminarlos de una vez.

El primero en girarse para ver al Secretario fue Nacho. Pocos segundos después, Toño y Margarita se tomaron las manos, se sonrieron, y se volvieron al mismo tiempo.

—Pero antes, les voy a dar la oportunidad de presenciar el nacimiento de la nueva era de su planeta —dijo el hombre—. En primera fila.

—¡Ésos son los cascos! —exclamó Nacho, señalando la pared de cajas en el escenario.

—Así es, niño —dijo el monstruo en forma de Secretario de Educación—. Desde aquí comenzará a funcionar la Operación Cascos Educativos. La ceremonia empieza en unos minutos. Así que pónganse cómodos. Vendrán profesores de todo el país, ya intervenidos. Hemos escogido las tres ciudades más grandes del país como punto de partida. Si no lo han adivinado —señaló la cúpula del teatro—, estamos en Guadalajara.

—«Intervenidos» es que tienen la piedrita esa en la nuca, ¿no? —preguntó Margarita.

—Son muy inteligentes, niños —comentó el Secretario, alzando las cejas a manera de aprobación—. Quizás podamos convencerlos de unirse al proyecto.

—¡Claro que no! —gritó Toño—. ¡No les vamos a dejar ganar!

El señor se rió.

—Ay, niños. ¡Si ya ganamos! —dijo, enseñando los dientes en una sonrisa exagerada—. Esta es una operación mundial, planeada desde hace décadas. Tardamos años en observarlos a ustedes. Sus vidas aburridas, su desdén hacia todo, sus berrinches internacionales. Fue muy fácil hacer el plan y conseguir embajadores. Acéptenlo, escuinclitos: ustedes solitos se dejaron ganar desde hace mucho tiempo. Su país, su planeta, su raza, es-tán per-di-dos.

—¡Un momento, señores! —exclamó una voz muy grave, que provenía de todo el teatro, tan fuerte que el Secretario se tapó los oídos.

—¿Quién es? —preguntó, mirando hacia todos lados.

—Señores, soy Santos Degollado. Este es mi teatro, yo lo mandé construir y el pueblo le puso mi nombre en mi honor.

—Ajá. ¿Y? —preguntó impaciente el señor, quien ya no estaba impresionado por el retumbar de la voz en todo el teatro.

—Tengo el privilegio de ser amigo del mejor presidente que ha tenido este país. Y desde la Eternidad escuché sus andares en este mundo, buscando vencer al enemigo que acecha a la Patria.

—¡Y no lo consiguió! —se burló el hombre—. ¡Se quedó atorado en su pasado! ¡Eso es lo que pasa cuando se quieren meter con seres superiores! ¡Los hemos vencido, en el presente, en el pasado y sobre todo, en el futuro! Tardamos en descubrir quién era el que ayudaba a estos niños, pero lo hicimos y lo mandamos al lugar de donde venía. Y así, vencimos el último obstáculo de nuestra gran empresa.

—¡Eso está por verse! —exclamó el teatro—. Yo he de impedir que se realice esta ceremonia, porque... —el teatro se aclaró la garganta y con una gran formalidad gritó— ¡Los valientes no asesinan!

—¿Asesinan? —preguntó el hombre, extrañado—. Yo no estoy asesinando a nadie. Qué voz tan idiota.

—¿Ah, no? Bueno... —el teatro rectificó—. ¡Los valientes no invaden planetas ni se meten en el limbo de los héroes de una nación para eliminar a su mejor presidente!

Dicho esto, las butacas comenzaron a volar.

—¡Corran, niños! —gritó Santos.

Toño, Nacho y Margarita corrieron hacia la salida. Pero en ese momento iban entrando todos los profesores que asistirían a la ceremonia. Todos se volvieron para ver al hombre en medio del teatro, quien, esquivando butacazos y convirtiéndose en una bola enorme, verde y peluda, ordenó:

—¡Ataquen, soldados!

El público imitó a su líder y uno a uno se convirtió en una bola de pelos. Cada bola persiguió una butaca y empezó a dispararle pequeños rayos láser.

Las butacas no tardaron en quedar sometidas por completo. Pero el teatro reforzó su ataque con los hombres y mujeres dibujados en la cúpula. Se desprendieron de su retrato y avanzaron por las paredes hasta llegar al piso. Ahí, las pinturas apalearon a las bolas de pelos, que por defenderse soltaron las butacas y de tanto golpe comenzaron a desinflarse.

—¡Eso! —gritó Nacho, y se unió a la batalla. Entró a morder, jalar, patear y golpear todo lo que se dejara—. ¿Qué hacen allá? ¡Éntrenle! —les gritó a Toño y Margarita.

En pocos momentos, el interior del teatro se vio convertido en un gran campo de batalla. Las columnas que sostenían los palcos se querían soltar para participar. El telón se desprendió de sus ataduras y flotaba sofocando bolas. Margarita arañaba y jalaba pelos, Toño ponchaba bolas con un palo afilado que encontró por ahí y Nacho se subía a los palcos para saltar y extender su saco grande gritando «¡Soy Batman!», para después caerles encima a las bolas y desinflarlas. Parecía que los niños y el teatro iban ganando: uno a uno los maestros caían inconscientes sobre el piso.

—¡Cánsense todo lo que puedan! —gritó el Secretario—. Esto va a pasar. Si no comienza aquí, comenzará en otra parte del mundo. Es inevitable.

—¡Es lo que ustedes no entienden! —gritó Santos—. En este planeta nos gusta enfrentarnos a lo inevitable. Así hemos crecido como raza.

—¡Qué ingenuo! ¡Qué ingenuo teatro, qué ingenuo planeta! ¿Dónde está su héroe ahora? ¡Se cancela la ceremonia! Voy a activar de una vez todas las cápsulas para que vuelen y se inserten en cualquier ser humano.

—¡Momento! —se escuchó en la entrada del Teatro— ¡Nosotros nos encargamos de que de aquí no salgan esas shunshes, pues cómo no!

—Y ese panzón, ¿quién es? —preguntó Nacho. Toño y Margarita lo reconocieron de inmediato.

—¡Tío!

Saúl le sonrió a su sobrina desde lejos y giró hacia atrás para ordenar:

—¡Al ataque, masones!

Un grupo muy numeroso de personas cubiertas con capa y capucha entraron rápido pero en silencio. Eran unos cien hombres y mujeres, que se plantaron serios con espadas desenvainadas alrededor del líder. Incluso Saúl, a pesar del sobrepeso, se desenvolvía bien con el arma.

—¡Ya me tienen harto! —gritó el Secretario, enfadado— ¡Esto ya llegó a su límite! ¿Quieren ver nuestro poder? ¡Pues lo verán, maldita pelusa del universo! ¡Plan B! ¡Ahora!

Se disolvió en el aire. Los aliens se volvieron una estela de polvo que voló entre los masones y los niños para llegar al grupo de maestros. Inconscientes, despiertos, heridos, a todos llegaba.

En cuanto los cubría con polvo, las piedras verdes que estaban en sus nucas se unían a ella, dejando a los cuerpos de los maestros desmayados.

Después, la estela se esparció entre las pared de cajas sobre el escenario. Los cascos rompieron las cajas, y se empezaron a engarzar unos con otros. Ante el asombro de los niños, los masones y las pinturas vivas, nacían dos monstruos enormes hechos de cascos.

Pronto alcanzaron los diez metros de altura. Los cascos le habían dado forma a piernas, brazos y cabeza. Eran tan grandes y robustos que llegaban al techo. De un solo golpe, le hicieron un hoyo.

—¡Ay! —exclamó Santos Degollado.

Los monstruos se salieron del teatro y se dirigieron hacia la ciudad que lo rodeaba, dando pisadas terribles que destruían autos, casas y árboles.

—¿Cómo supieron que estábamos aquí? —preguntó Toño, justo debajo del boquete que había dejado el monstruo.

—Ah, es muy fácil, Toñito. Después de que nos dejaron ustedes, entraron unos hombres a la casa a romper todo, buscándolos según esto a ustedes. Pero no había ninguna prueba de que ustedes hubieran estado ahí. Excepto una cosita, que me escondí en el zapato. El timbre postal que me prestaste, mira, este mero, tenía la imagen de los masones. ¡Yo soy masón! Entonces cuando se fueron esos hombres, fui con mis compañeros masones, investigamos un poco, y ¿sabes qué descubrimos?

—¿Qué?

—¡Que en nuestra biblioteca privada hay unas cartas de don Benito que advierten de la fesha de hoy, en este lugar! ¡Pide a los masones del futuro que vayamos a defender nuestra casa!

—¿En serio?

—¡Sí! Todos los biógrafos, famosos y no, y nuestros mismos investigadores internos, ya habían leído esa carta, pero no le habían dado importancia. ¡Cuando es una de las cosas que pueden ayudarnos a salvar al mundo!

—¡Qué bien! —exclamó Toño, quien sintió un alivio enorme por sentir una prueba tangible de que Benito Juárez, ese que había conocido en la escuela, en verdad lo estaba ayudando a él, con más de cien años de diferencia entre ellos.

—Bueno, me tengo que ir —Saúl hizo una seña y diez segundos después estaba sobre ellos un helicóptero. Alguien le aventó una cuerda. Saúl enredó un brazo en ella —¡Cuidas a mi Margarita! ¡Es lo más importante! Y recuerda, ¡la cosa se va a poner peor! Y si ven a Lola mi mujer, le dicen que nos fuimos a México, ¡vámonos!

El helicóptero y Saúl comenzaron a elevarse. Toño vio cómo el gordo tío de Margarita ascendía con brazadas fuertes hacia el interior del helicóptero. Lo último que le escuchó fue algo que no entendió muy bien:

— *¡Veritas ad eternum!*

13. La Batalla

—¡Benito!

—¡Santos!

—¡Qué milagro! ¡Cuánto tiempo!

—¿Sí? Yo lo sentí muy rápido.

—Pues nunca lo sabremos, ¿o sí?

—Quién sabe... Justo ahora están ocurriendo muchos eventos que no puedo explicar...

—¿Por eso volviste? ¿A pesar de tus palabras hirientes y soberbias?

—No, Santos. Vine a disculparme. Sé que mis palabras no fueron las mejores...

—¡JA!

—... pero ¿sabes? Tuve la oportunidad de recorrer mi vida una y otra vez. Y me di cuenta de lo fundamental. Lo que importa. Las causas por las que luché y volví a luchar.

—Me recuerdas al estadista que conocí una mañana de agosto.

—No dejaré que seamos presa del extranjero que quiere sojuzgarnos, extinguiendo nuestra raza.

—¡Tienes razón!

—El destino nos ha colocado en estos puestos para hacer la felicidad de los pueblos y para evitar el mal que les pueda sobrevenir. En eso baso mis ideales. En eso y en Margarita, antes que nadie. Y después, la patria.

—¡Eso! ¡Viva México!

—Por eso te debo disculpas. Debemos permanecer unidos, siempre frente al enemigo en común.

—Lo sé. Por eso estoy convocando a todos nuestros amigos a la operación «Historia contra extraterrestres».

—¿Hay tiempo?

—¡Claro! Sabía que volverías. Sabía que te disculparías. Por eso ahorré tiempo y decidí ir a ayudarte. ¿Nos acompañarás?

—¡Muchas gracias! Si pudiera darte un abrazo, lo haría.

—No es necesario. Me basta con que esos niños no salgan lastimados.

—Justo por eso hay que darse prisa. Lo que haremos será un episodio único en la historia del mundo. Nunca más se repetirá y los hombres deberán aprender que esta ocasión nosotros ayudaremos, pero que en otros tiempos se quedarán solos. Y nosotros podremos descansar.

—¿Crees que tus amigos se salven?

—No te preocupes. Los he protegido muy bien. Incluso hace poco le escribí a Antonio una carta de agradecimiento.

—¿Cómo? ¿A quién se la mandaste? Recuerda que hay más de cien años de diferencia entre el momento que moriste y el momento que él nació.

—No te preocupes. He aprendido que tenemos un lazo difícil de romper. Quizás tenga que ver con nuestros pasados en común. Esos tres niños perdieron a sus padres, de forma parecida a como yo perdí a los míos. Dejé la carta encargada con alguien de muy alta confianza. Créeme, va a llegar a las manos de Antonio.

—¿Y qué dice?

—Dice algo así como... «Querido Antonio, no puedo terminar de expresar mi gratitud. Tú ayudaste a salvar al mundo, pero lo más importante aún: me salvaste a mí...

Toño volvió su atención al interior del teatro, donde los maestros se reponían lentamente de sus desmayos.

—Oye, niño —le decía uno de ellos—. ¿Dónde estamos? ¿Qué pasa?

Toño no hizo caso y buscó a sus amigos. Caminó tras bambalinas, detrás de un escenario lleno de escombros.

—¿Margarita? ¿Nacho?

—Acá estamos. ¡Ven! —lo llamó su amigo.

Nacho y Margarita se encontraban en el pequeño baño de un camerino. No había nada fuera de lo común: espejos grandes, focos en todos lados y cientos de ganchos de ropa vacíos. Una de las paredes estaba cuarteada muy cerca del piso.

—Nacho escuchó una voz por aquí —explicó Margarita.

Los tres se callaron, atentos a algún ruido.

—Toño... —escucharon por fin, en un susurro lejano.

—¿Quién es? ¿Don Benito? —preguntó Toño.

—No...

—Es el otro, menso —aclaró Nacho—. El del teatro.

—Santos Degollado —añadió Margarita.

—¿Santos? —preguntó Toño.

—Sí... —dijo Santos. La grieta en la pared avanzó hacia arriba—. Necesito saber, Toño.

—¿Qué? —preguntaron los tres niños.

—Necesito saber si les fui de alguna ayuda.

La grieta pasó al techo, que dejó caer un ligero talco. Nacho señaló con el dedo la fisura e hizo cara de urgente retirada. Toño le pidió que aguantara un momento.

—¡Claro que sí! —exclamó Toño—. ¡Nos salvaste la vida! ¡Combatiste como un héroe nacional!

La respuesta pareció agradar a Santos, aunque sólo se escuchó un suspiro débil y largo.

—Váyanse —dijo después de un rato—. Tengo que irme.

Los tres niños se miraron entre sí, vieron la grieta en el techo esparcirse como un árbol en todas las paredes y corrieron hacia la salida.

Lograron escapar justo a tiempo del teatro, que se desmoronó lastimosamente y levantó una nube de humo café cinco cuadras a la redonda.

—¿Y ahora qué? —preguntó Margarita, cubriéndose la nariz.

No dio tiempo de responderle porque lo primero que se distinguió de entre la nube de polvo fue un grupo de esculturas de bronce caminando con soltura.

—¡Miren! —señaló Toño a un grupo de hombres y mujeres de tres metros de altura caminando hacia la estela de destrucción que habían dejado los monstruos hechos de cascos.

En todo el mundo pasó lo mismo. Las esculturas de héroes nacionales comenzaron a cobrar vida, despegarse de sus pedestales y perseguir a los monstruos.

En la ciudad de México, una a una, las estatuas de Reforma interceptaron a los extraterrestres, quienes se resistían golpeándolos con fuerza. Pero los monumentos eran muchos, y pesados. Con unos cuantos golpes los cascos quedaban aplastados.

En Nueva York, la Estatua de la Libertad nadó hacia la isla de Manhattan, donde un monstruo asolaba los rascacielos. Sus ciento veinticinco toneladas de acero lo pulverizaron casi de inmediato.

Las cabezas olmecas salieron rebotando a defender ciudades como Xalapa y Villahermosa. De un solo bocado se tragaban a los monstruos extraterrestres, que no podían hacer nada.

Las esculturas de Grecia y Roma, con toda su elegancia, tomaron entre todas a los monstruos y los echaron al mar, de donde nunca pudieron salir.

Napoleón organizó una batalla contra monstruos en pleno París. Con su destreza bélica, en unos minutos los arrinconaron. Con la señal de su dedo índice recorriéndole su cuello, ordenó que les cortaran la cabeza.

Fue entonces cuando llegaron los refuerzos de los extraterrestres. Los cielos del planeta se llenaron de naves espaciales de cincuenta metros de largo. Amenazadoras y brillantes, las naves disparaban precisos rayos láser que destruían todo lo que tocaban.

Pero los monumentos contraatacaron.

En un sueño latinoamericano hecho realidad, las esculturas de Bolívar, San Martín, Pancho Villa y decenas de generales y militares, volaron en sus caballos hacia las naves espaciales. Con sus espadas de bronce las agujerearon y con su destreza de militares esquivaron los rayos.

Así pasó también con los héroes de cada país, hasta que los extraterrestres comenzaron a huir del planeta, con sus naves echando humo negro de tan abolladas que las habían dejado los ejércitos de bronce.

Toño, Nacho y Margarita continuaban en la explanada del teatro derrumbado. Había transcurrido muy poco tiempo para una batalla global —el sol ya se estaba coloreando de naranja—, pero muchísimo para unos niños ansiosos de saber qué diablos pasaba. Decidieron salir a las calles.

Guadalajara estaba desierta. Sobre toda la ciudad se levantaba una espesa bruma gris, producto de la batalla en el teatro y del escape del ser gigantesco.

—Estoy muy cansado —Nacho fue el primero en hablar— y no parece que vayamos ganando.

—Me hubiera ido con tío Saúl —Margarita estaba triste.

Toño no dijo nada. Sin saber por qué, la idea de que Margarita no estuviera cerca le parecía más terrible que la de un mundo gobernado por extraterrestres.

—¿Alguien sabe cómo se llega a la Ciudad de México? ¿Y si tocamos de puerta en puerta para recolectar dinero? —Nacho lucía impaciente—. ¿Y si nos robamos un coche? Yo sé manejar... más o menos.

—Sí... me hubiera ido con tío Saúl... —insistió Margarita, cada vez un poco más triste—. Ahora no tenemos ni cómo ayudar, ni cómo irnos ni cómo nada.

Toño la abrazó. En su hombro sintió un ligero suspiro, tal vez un sollozo, pero no dijo nada. Se dedicó a sostenerle el abrazo y a darle unas palmaditas incómodas en la espalda.

—¡Allá hay unos coches abiertos! —gritó Nacho.

En efecto, las calles aledañas estaban repletas de gente que había salido de sus autos para huir del monstruo, dejando sus autos encendidos y con las llaves puestas.

—¡Vámonos!

—No. Esos coches no son nuestros.

—¡Pero pueden servirnos para ayudar! ¡Súbanse!

—¡Que no, Nasho! —Margarita se había soltado de Toño—. Es mejor esperar.

—¿Esperar a qué? ¡Hay que ir tras ellos! ¡No podemos esperar a que de repente aparezca, volando, una solución!

Súbitamente, arriba de ellos, un sonoro traqueteo trajo consigo no a uno, sino a diez helicópteros. A veinte metros de ellos, colgada de una cuerda, una figura humana aterrizó rápida y ágil.

—¡Tía Lola! —gritó Margarita y corrió hacia ella.

Nacho y Toño la siguieron, con pasos cada vez más pesados por el viento que despedían tantos helicópteros.

—¡Ah, qué mushashos tan locos, hombre! ¡Ni los piojos se mueven más que ustedes! ¡Parece que les picó la cola, caramba!

—¿Por qué? —Nacho sonaba ofendido.

—Es que los andamos buscando desde uuuuh. Bueno, ¡trépense, órale!

Los tres niños dieron un paso hacia atrás.

—¿Qué? ¿Ya casi le ganan a una sarta de extraterrestres pero le tienen miedo a una carcasha con hélices? ¡Órale!

Lola tomó de la cintura a Margarita. La cuerda comenzó a subir. Toño y Nacho corrieron a alcanzar el último pedazo de cuerda que quedaba. En unos segundos ya estaban todos arriba.

—¿A dónde vamos? —preguntó Toño.

—¿Cómo que a dónde? ¡A terminar lo que empezamos! Pues cómo no.

—Este... sigo sin saber a dónde...

—¡A la capital! —gritó Lola, y el helicóptero viró bruscamente.

A lo largo del camino, los niños vieron el paisaje de su país. Kilómetros y kilómetros de tierra brumosa. Aquí y allá había restos de batallas: bronces y piedras de antiguas esculturas que yacían, heroicas, entre restos de cascos inanimados.

A medio camino, sobre el lago de Pátzcuaro, el puño de la gigantesca estatua de Morelos era lo único que se reconocía en la isla de Janitzio.

El valle de México se encontraba debajo de una bruma aún más espesa. Como si el monstruo se hubiera ensañado con la ciudad en donde vivían Nacho, Toño y Margarita. En la que murió don Benito Juárez.

Con grandes dificultades, llegaron al centro de la ciudad. Los diez helicópteros aterrizaron alrededor del Palacio de Bellas Artes. De las otras naves descendieron hombres y mujeres con uniformes oscuros y armas. Todo el perímetro estaba rodeado por soldados, tanques de guerra y varios monumentos vivos.

—¿Pues en dónde trabajas, tía? —preguntó Margarita, sorprendida.

—A veces le ayudo a tu tío, m'ijita. Vénganse para acá, los tres.

Justo antes de encaramarse en la entrada del Palacio, todos sintieron un temblor debajo de sus pies y escucharon un rugido arriba de ellos.

Era El monstruo. Lucía realmente enojado. Todo él era una furia desatada. El ejército que rodeaba la Alameda apuntó las armas hacia él. Hasta la Diana Cazadora dirigió su arco hacia su cabeza.

—¿Dónde estás? —gritó el monstruo—. ¡Aparécete, cobarde! —Y de un golpe, destruyó medio edificio. Toño se dio cuenta de que le estaba hablando al Benito Juárez del Hemiciclo, que no se había movido ni un centímetro.

—¡Todo es tu culpa! ¡La conquista era inminente! ¡Y yo no me voy a ir sin llevarte conmigo! —Y, con un rayo láser, quemó otro edificio.

—¡Mushashos! Necesito que me pongan atención —pidió Lola.

Era muy difícil siquiera escuchar las palabras de la tía de Margarita. Los edificios se deshacían como hechos de migajón y sus caídas estremecían el lugar.

—¡Toño! ¡Mírame, Toño!

Toño se volvió hacia Lola, extrañado. Nacho y Margarita, en cambio, siguieron viendo el desastre que continuaba haciendo el monstruo.

—¡Toño! ¡Tengo algo que decirte!

Toño no supo reaccionar a ese grito.

—¡Escucha! Cuando ustedes desaparecieron, Saúl se puso a investigar lo del timbre postal de don Benito y yo... yo te investigué a ti. ¡Cómo iba a dejar que mi sobrinita anduviera con cualquier mushashito!

—Ajá... ¿y? —Toño apenas pudo decir eso, de tan sorprendido.

El ser que estaba hecho de cascos, además de gritarle al Hemiciclo, rugía, pataleaba y lanzaba golpes y rayos por doquier para demostrar su fuerza y enojo. Uno a uno, los monumentos que se le acercaban caían desmoronados.

Benito Juárez no se movía.

—¡Tu papá era uno de nosotros, Toño! Era un masón.

Toño no alcanzaba a entender por completo qué era un masón. Sólo pudo abrir los ojos y preguntar:

—¿Dónde está?

La ciudad se caía a pedazos, pero, adentro de él, una esperanza que había mantenido encendida durante años, se multiplicó en un instante.

—Toño, no tenemos mucho tiempo —dijo Lola, y sacó algo de su bolsillo. Era un sobre.

Él lo tomó tan rápido que casi se rompe.

—¿Papá?

Margarita escuchó esa palabra y se volvió hacia ellos. Toño abrió el sobre. Eran dos hojas antiguas. Una más amarillenta que la otra.

—Esa es de tu papi —dijo Lola, señalando la hoja más nueva.

Toño buscó la mirada de Margarita. Ella se le acercó y esta vez fue su brazo el que lo rodeó a él.

Nacho también se acercó, discretamente, para oír lo que pasaba entre ellos. Pero tampoco quería perderse lo que pasaba con aquel monstruo desquiciado. Los pocos disparos del ejército no servían para nada. Prácticamente todos los edificios se habían derrumbado.

«Toño:

Necesito que seas fuerte. Necesito que busques dentro de ti y comprendas mis razones. Que las hagas tuyas.

Nunca los abandoné. Tu mamá recibe mensualmente una pensión para que tú y Sebastián crezcan sanos y tranquilos.

Nunca dejo de pensar en ustedes. Precisamente por eso es que me uní a los masones. Para buscar la verdad y contagiarla a todo el país. Para que ustedes pudieran vivir en un país como el que imaginó don Benito Juárez.

Tengo mucho trabajo por hacer todavía. Espero poder volver a casa y cosechar con ustedes los frutos que sembré. Por lo pronto, me han encomendado entregarte una carta adjunta a esta. Sí, es para ti, Antonio. Un mensaje del mismísimo Benemérito de las Américas para ti. Aún no sabemos cómo es posible tal hecho. Pero así es.

Por favor, cuida a Sebastián y hazle caso a tu mamá. Ella de verdad los quiere. ¡En serio!

Y aquí va un último consejo, que me ha ayudado a vivir lejos de ustedes todos estos años: *Escucha las sabias palabras de don Benito Juárez.*

Con todo mi amor,
Tu papá.»

Toño no pudo ni sostener la carta que no había leído. Con la de su papá había sido suficiente.

—¡Aparécete ahora o verás cómo tu mundo se esfuma! —gritó el monstruo. Derribó las columnas del Hemiciclo. Juárez y los leones de mármol que lo flanqueaban cayeron de costado.

—¿Dónde estás? —repitió. Quedaba ya muy poco de la voz del Secretario de Educación.

Toño alzó la mirada. Vio la Alameda y los restos de las calles aledañas. Un batallón de soldados tenía sus armas preparadas para disparar. Toño vio sus rostros, que reflejaban miedo y angustia.

Miró a Margarita. Ella le regresó la mirada. Él recordó todos los días de clase detrás de ella. En especial el día que la conoció: la semana después de iniciado el año escolar, cuando llegó de Chihuahua. Miss Amelia le había dicho que tenía que presentarse ella misma. Cuando estaba frente a todo el salón, incómoda, sonriente y en el fondo triste. Toño la miró a detalle. Y no había vuelto a ver nada tan detenidamente hasta ese momento, entre los escombros de la ciudad.

—Maryi... yo...

Margarita le sonrió.

—¿Dónde están tus sirvientes? —gritó el monstruo— ¡Esos niños que esclavizaste! ¡Que vengan aquí! ¿O también ellos son cobardes como tú?

—¡Hey! —exclamó Nacho. Lola lo calmó con un gesto de la mano—. Estúpido monigote...

—¡Suficiente! ¡Te di la oportunidad y no me enfrentaste!

El gigantesco ser hecho de cascos dejó caer una de sus manos sobre la cabeza de Benito Juárez. En medio de dos leones sólo quedó un Benemérito decapitado, deforme.

Toño no necesitó más razones. Se guardó las cartas en el bolsillo, corrió hacia Margarita, la abrazó con fuerza y justo antes de correr hacia el monstruo, le dijo:

—Te quiero. Por favor espérame.

Y la besó. No se dio cuenta de cuánto corrió después de soltarla. El sabor dulcísimo y aterciopelado de los labios de Margarita, y la sorpresa de su propia acción no le permitieron darse cuenta de que había ignorado los gritos de Lola, el ejército y hasta de su amada.

«Soy el elegido de don Benito Juárez y yo puedo vencer a los extraterrestres», pensó, «¡La besé! ¡Por fin! ¿Le gustó? A mí me encantó, me fascinó. Le puedo ganar al monstruo, soy invencible, tengo el apoyo de Benito Juárez. ¡La besé!».

Toño no oyó los gritos de nadie. Instintivamente burló los brazos de los soldados que lo intentaron agarrar; esquivó piedras y pedazos de edificios que el Secretario hecho de cascos lanzaba y, sin estar totalmente consciente de lo que hacía, se subió a uno de los pies.

«—… Me salvaste porque gracias a ti pude volver a ver a Margarita una última vez. Y por eso…»

—¡Espera! Creo que hay problemas. ¿No lo sientes? Sobre todo a Antonio.

—Lo sé. Pero ya no puedo actuar más. La calle donde está ocurriendo todo lleva mi nombre, pero está completamente destruida. La escultura de mi persona está decapitada. Y no hay billetes ni retratos ni nada alrededor donde yo pueda aparecerme.

—Piensa, Benito. Piensa. Debe haber alguna solución. Antonio te necesita.

—Pues… Sólo se me ocurre una manera… aunque… puede que no funcione.

—¿Justo en este momento dudas, Benito? ¡Qué vergüenza!

—No es vergüenza… es más bien… que la última vez no pude protegerlo tan bien…

—¡Pues ya es hora de que te reivindiques!

—¡Tienes razón! ¡No voy a traicionar a Antonio en este momento! ¡Antonio es mi amigo y los amigos son la patria! ¡En este momento voy a ayudarlo!

—¡Éxito! ¡*Veritas ad eternum*!

—¡*Veritas ad eterrrrrrrrruedo* ruedo ruedo ruedo ruedo ruedo ruedo ruedo ruedo ruedo ruedo ruedo ruedo ruedo ruedo ruedo ruedo ruedo ruedo ruedo…!

¿Cómo diablos se había metido Toño en semejante embrollo? Después de haber escalado la pierna del ser gigantesco, no podía avanzar ni retroceder. Estaba atorado en la espalda de un monstruo extraterrestre impredecible.

—¡Qué hacen ahí paradotes! —Nacho les gritaba a los soldados—. ¡Disparen!

—¡Cómo se te ocurre, shamaco del demonio! —le contestó Lola—. ¡Qué no ves que ahí está tu amigo subido en el monigote ese!

El «monigote» había sentido la intrusión de Toño, primero en la espalda, después en la pierna. Como un humano con un insecto, había intentado quitárselo sacudiendo la pierna, pero Toño era muy hábil. Cuando llegó a la espalda, el ser se comportaba cada vez con más violencia. Tiraba rayos láser a donde fuera, pataleaba, gritaba. Pero Toño se las arregló para no soltarse.

—¡Antonio! —la voz del monstruo hacía vibrar cada uno de los cascos que lo formaban—. ¡Ya no vas a hacer ningún daño! ¡Nosotros llegamos a la Tierra para conquistarla, y eso haremos, a pesar de todos tus estúpidos esfuerzos! ¿Creen que han vencido a los cascos? ¡Puede ser! ¿Pero quién puede ganarle al cerebro detrás de los cascos?

Toño sintió que comenzaba a caer.

El cuerpo del monstruo se deshacía rápidamente y, aunque Toño se agarraba de cualquier casco que estuviera cerca de él, fue a dar irremediablemente al suelo.

Afortunadamente, los cascos amortiguaron su caída. Tardó unos segundos en levantarse, sobarse y dejar de ver borroso.

«¿Y los soldados por qué no hacen nada?», se preguntó. La respuesta estaba frente a él: todos los miembros del ejército, incluidos los generales y coroneles, estaban boquiabiertos ante lo que flotaba detrás de Toño.

Una asquerosa bola de pelos, del tamaño de un edificio de cinco pisos, suspendida en el aire.

Algunos soldados le disparaban pero sus balas se quedaban atoradas en la bola de pelos. Una risa hueca emanaba de ella.

Toño, sin entender, cerró los puños. «Voy ganando», pensó.

... Ruedo ruedo...

—¿Algunas últimas palabras? —preguntó la bola de pelos.

Toño tuvo oportunidad de mirar hacia donde estaba Margarita. Sus dos tíos la tenían bien tomada de las manos, como si ella hubiera intentado correr hacia él.

Nacho estaba bajo la supervisión de un soldado, que le tapaba la boca por tantas groserías que gritaba.

—Eso es, mira bien a tus amigos. Despídete, que ésas sean tus últimas palabras —se burlaba el Secretario, ahora en forma de bola de pelos—. «Adiós amiguitos, ya me hice en mis pañales porque perdimos y ahora ¡me voy a morir!»

Toño no tenía miedo. La bola se le acercaba flotando entre los escombros. Suspiró.

—¡Perdieron, Antonio! ¿Qué tienes que decir?

Toño recordó las palabras de su papá. Las palabras de Benito Juárez.

—El respeto al derecho ajeno...

No pudo terminar porque a lo lejos se oyó un pequeño eco que rápidamente se hizo un estruendo mayor.

Rodando desde el Eje Central, apareció una enorme cabeza de metal. Era Benito Juárez, o más bien su escultura monumental de la delegación Iztapalapa.

Antes de que la bola extraterrestre reaccionara, la cabeza se unió al cuerpo de mármol que yacía entre los restos del Hemiciclo; después de un CLIC, un Benito Juárez cabezón caminó hacia la bola de pelos y terminó la frase de Toño:

—¡... es la paz!

Juárez saltó hacia la bola, abrió la boca, aspiró tan fuerte que los árboles que aún quedaban en pie perdieron sus hojas, y sorbió la bola entera como una maraña de espagueti.

—¡Nooo! —Esa fue la última palabra que el Secretario pudo expresar.

La nación había repelido un ataque extraterrestre.

Los soldados gritaron de júbilo, Margarita y Nacho corrieron a reunirse con Toño, y Lola y Saúl se abrazaron con amor. A pesar de que medio país había sido destruido, la victoria había llegado.

Inmediatamente, los monumentos circundantes, incluido don Benito, perdieron vida y cayeron, tal y como estaban, a todo lo largo de la Alameda. Todos los demás seres, soldados, niños, masones y chismosos, gritaron de felicidad y se abrazaron.

—¡Ganamos!

Nacho, Toño y Margarita saltaban de emoción tomados de las manos.

—¡Lo hiciste, Toño! ¡Le ganaste a un ejército extraterrestre tú solito!

—¡Claro que no, lo hicimos juntos!

Uno a uno, soldados, masones y ciudadanos que se atrevían a salir ante el alboroto de la victoria, se acercaban a los tres niños para felicitarlos, agradecerles y abrazarlos.

—¡Nos salvaron, gracias!

—¡La tele decía que eran terroristas, pero yo nunca les creí!

—¿Me puedo poner uno de estos cascos?

—¡Noooo!

Amontonados a lo largo de lo que alguna vez había sido la Avenida Juárez, decenas de monumentos, bustos y esculturas yacían con las marcas de las batallas: fierros retorcidos, brazos y manos hechos polvo, caballos sin alguna pata, todos salpicados aquí y allá por el líquido verde de los extraterrestres.

De entre todos los monumentos, uno sobresalía. Uno que no tenía ninguna herida ni mancha. Era la escultura de uno de los más grandes militares mexicanos de la historia: Ignacio Zaragoza. Debajo de su caballo había una placa, cuya inscripción había cambiado sin que nadie se diera cuenta: «Las armas nacionales se han vuelto a cubrir de gloria».

QUERIDO ANTONIO:

No puedo terminar de expresar mi gratitud. Tú ayudaste a salvar al mundo, pero más importante aún: me salvaste a mí.

Me salvaste cuando aparecí en el billete, esa primera y lejana ocasión que nos vimos. Yo sabía perfectamente que el billete lo pudiste haber tirado o escondido. Pero tuviste a bien mantenerlo entre tus manos.

Tu fuerza y tu coraje, sin que tú lo sepas, hacen de tu mundo uno mucho mejor.

Me salvaste porque resististe, una y otra vez, a los ataques de fuerzas mayores que tú. Y si esto no fuera suficiente, triplicaste tu poder gracias a dos amigos tuyos.

El lazo que te une a ti y tus amistades es el más fuerte de todos. Procúralo, porque si lo haces, serás invencible.

Me salvaste porque gracias a ti pude volver a ver a Margarita una última vez. No pierdo la esperanza de algún día volver a estrecharla en mis brazos.

Espero que esta carta tenga buen destino. Su camino es largo y sinuoso, pero hay cosas que merecen traspasar el espacio y el tiempo.

Sin más por el momento, queda de ti tu eterno servidor,

DON BENITO PABLO JUÁREZ GARCÍA.

Héroe de las galaxias, de Pablo Mata Olay
se terminó de imprimir y encuadernar en julio de 2013
en Quad/Graphics Querétaro, S. A. de C. V.
lote 37, fraccionamiento Agro-Industrial
La Cruz Villa del Marqués QT-76240